변신 인 서울

한 정 영

장 편 소 설

사□계절

차례

1부

어느 날 아침, 불안한 잠에서 깨어났을 때, 반희는 자신이 손바닥만 한 토끼로 변해 있는 것을 발견했다. 눈을 뜨자마자 흰 털로 뒤덮인 앞다리가 보였고, 가슴과 배까지 모두 뽀얀 털로 북슬북슬했다. 두리번거리는 눈길을 따라 드러난 등줄기와 꼬리—세상에, 꼬리라니!—도 희었다. 일어나 앉아 고개를 돌리자 길게 늘어진 갈색 귀가 양옆에서 치렁거렸는데, 그 때문에 제풀에 놀라 뒤로 깡충 물러서고 말았다.

어억! 이게 뭐야?

반희는 어리둥절했다. 손, 아니 앞발을 움직여 몸을 더듬었다. 문득, 혹시라도 자신이 지난밤에 무슨 빙충이처럼 반지의 동물 잠옷을 빼앗아 입기라도 한 건 아닌지 모르겠다는 생각이 들었다. 하지만 아무리 애를 써 보아도 겉껍데기는 벗겨지지 않았다. 역시 토끼가 분명했다.

아아, 씨……. 아직도 잠에서 깨어나지 않은 건가. 틀림없이 정신을 차린 줄 알았는데! 여전히 꿈을 꾸고 있는 건가. 하! 뭐지? 개꿈도 아니고 토끼 꿈이야? 참 나……. 하긴 꿈이니까 이렇게 황당하지.

어이가 없어서 피식 웃음이 났다.

문득 얼마 전까지 키우던 짝귀가 생각났다. 반지가 한사코 '백설 공주'라 불렀던 그 녀석도 귀가 길게 늘어진 흰색 토끼였다. 반희가 짝귀라고 부른 건, 아무리 봐도 양쪽 귀의 길이가 조금씩 달라 보여서였다. 그 녀석도 눈 주위만 빼고는 온통 하얀색이었다. 컵라면 국물을 뒤집어쓰기 전까지는.

어쨌든 꿈이라고 생각하니, 조금은 안심이 되었다. 반희는 공연한 걱정으로 두근대던 가슴을 다독이고 가만히 엎드려 사방을 두리번거렸다.

다른 모든 것은 그대로였다. 책상과 의자, 컴퓨터는 물론 수학 경시대회 우승 트로피와 영어 말하기 대회 상패, 문 앞에 걸어 놓은 걸 그룹의 브로마이드와 '07:30'이라는 숫자가 깜빡이는 한쪽 벽의 디지털시계, 조금의 흐트러짐도 없이 깔끔하게 정돈되어 있는 책장, 키 높이와 종류별로 정돈된 참고서까지. 심지어 침대 옆 보조 테이블에 올려놓은 휴대 전화기의 알람 소리도…….

아, 그러고 보니 틀림없이 알람 소리를 듣고 잠에서 깨어난 것 같은데, 아니었나? 잠결에 듣기만 하고, 계속 잠에 빠졌던 걸까?

밖에서 들려오는 엄마의 잔소리마저 생생했다.

"반희야, 일어났니? 얼른 씻고 학교 가야지!"

반희는 얼결에 대답할 뻔했다. 하지만 곧 꿈이란 걸 알고 간단히 무시했다. 뭐, 어차피 토끼 주둥이로 대답할 수도 없었지만.

아무튼 신기한 일임이 틀림없었다. 꿈이 이토록 생생한 경우는 아주 드문 일이니까. 게다가 꿈에서, 그게 꿈이란 걸 알고 있다는 것도 흥미진진했다.

오호! 이것 봐라? 이런 걸 루시드 드림이라고 한다지?

슬슬 호기심이 일었다. 꿈에서도 그런 용어까지 기억해 내는 자신이 대견했다. 그러다 보니 허영심이 고개를 들고, 마침내는 장난기가 발동했다. 반희는 자신도 모르게 한쪽 입꼬리가 올라갔다. 그래서였나? 입가에 비어져 나온 긴 수염이 눈앞에서 어른거렸다.

헤헤. 짝귀 녀석, 수염을 건들면 무척 싫어했었는데. 놀려 먹기는 참 좋았어.

반희는 자신도 모르게 히죽 웃었다. 하지만 곧바로 고개를 저었다. 짝귀에 대한 기억이 그리 유쾌하지만은 않아서였다.

어쨌거나 이토록 꿈이 생생한 건 처음이 아니었다. 불과 몇 달 전에도 그런 적이 있었다.

　성적표가 나온 바로 다음 날, 꿈속에서 아빠의 주먹질과 발길질이 온몸을 두드려 대고, 험한 욕지거리가 귓가를 찢었다. 그런데 짜증스럽게도 아빠는 때린 데만 골라 때렸다. 싸대기, 옆구리, 싸대기, 옆구리, 발길질, 다시 싸대기, 싸대기……. 반희는 무슨 꺾기 춤이라도 추듯 피하고 막다가, 아빠의 손을 붙잡고 있는 힘을 다해 밀쳐 냈다. 그러자 아빠가 맥없이 뒤로 나가떨어졌다. 내친 김에 욕도 맞받아쳤다. '내가 개새끼면, 아빠는 개라는 거예요?'라고.

　그런데 아빠는 그런 말을 듣고도 천연덕스럽게 소파에 앉아 신문을 펴 들었다. 그즈음 꿈이란 걸 깨달았다. 아빠는 그런 말을 듣고도 가만있을 사람이 아니니까. 사소한 변명 한 마디만 해도 말대꾸한다고 손을 먼저 올리는 사람이 가만있을 리 없지 않은가.

　그래서 그 전날 똑같은 일을 실제로 당했기 때문에 이런 꿈을 꾸는구나, 하는 데까지 생각이 미쳤다. 그러자마자 용기가 생겼다. 반희는 침을 꿀꺽 삼키고 말을 이었다. 아빠의 다음 반응이 보고 싶어서였다. '다음부터는 때리기 전에 개 값을 물고 때리시라고요! 알았어요?' 그러고 반희는 저 혼자 낄낄낄 웃었다. 그거 말고도 몇 마디 더 한 것 같은데 기억이 잘 나지 않았다. '개새끼한테 뭘 더 바라세요? 그냥 잘 짖으면 됐지.'라고 했나? 그래도 아빠는 아무 말 없이 신문만 읽었다. 반희는 아빠 얼굴 앞으로 주둥이를 들이밀고 왈왈, 하고 짖는 시늉까지 했다.

아, 그러고 나서 얼마나 통쾌하던지! 방으로 돌아와 문 앞에 걸어둔 브로마이드 속의 걸 그룹 아이돌 여섯 명과 차례로 하이파이브까지 했으니, 말 다 한 거였다.

오죽했으면 꿈에서 깨어나고 난 뒤에도 웃음이 그치지를 않았으려고. 책가방을 싸며, 씻으며, 옷을 입으며 연신 킥킥거렸으니까. 아니, 아침 식탁에서 마주 앉은 아빠를 보면서도 피식거리다가 밥풀을 흘릴 뻔했다. 엄마가 눈치를 주지 않았다면, 그 자리에서 박장대소했을 것이다. 결국 그날은 바람 빠지는 풍선처럼 종일 킥킥댔다.

옛날 생각을 하다 보니 반희는 자신도 모르게 입가에 미소가 돌았다. 그러자마자 곧바로 엉뚱한 생각이 들었다.

가만, 이러다가 잠에서 깨어난 뒤에도 토끼 흉내를 내는 거 아니야?

또 웃음이 났다. 하긴 아무려면 어때, 토끼든 돼지든. 중요한 건, '지금 꿈을 꾸고 있다'는 사실이니까.

그렇단 말이지? 히히!

고개를 까닥거리면서, 반희는 네 다리로 곧게 섰다. 그리고 침대 위에서 팡팡 뛰었다. 소리를 내지는 못했지만, 속으로는 맘껏 환호했다.

야아! 신나!

몸이 이토록 가뿐할 수가 없었다. 아침에 일어날 때마다 느껴졌던, 양쪽 어깨에 무겁디무거운 가방을 짊어지고 있는 듯한 느낌은 온데간데없었다. 눈을 뜨자마자 곧바로 영어 단어장을 집어 드는 짓 따위는 하지 않아도 되니, 그 또한 날아오를 것 같은 기분이었다. 수학 공식은 물론, 어제 낮까지 달달 외웠던 문학 지문은 단어 몇 개 빼고는 아무것도 떠오르지 않았다.

그래서 더 발끝에 힘을 주고 뛰었다. 종이가 찢어지는 소리가 들렸다. 눈을 내리깔고 보니 영어 참고서가 발에 밟혀 심하게 구겨지고 또 몇 장은 찢어져 있었다. 그 바람에 잠시 멈칫했다. 툭하면 방에 들어와 참견하는 깔끔쟁이 엄마가 보면 무척 싫어할 일이었다.

'얘, 너는 공부하는 애가 책상이 이게 뭐야? 책 좀 잘 정리해 둘 수 없어? 어휴, 참고서를 이렇게 지저분하게 보는 놈이 어딨어? 영어 교과서에 밑줄 좀 똑바로 그을 수 없니? 정 똑바로 그을 수 없으면 자를 대고 긋던가. 양말은 왜 여기에 벗어 뒀어? 옷 좀 잘 펴서 걸어 두라고 했잖아…….'

짧은 시간 동안 그 잔소리가 머릿속에 속사포처럼 지나갔다. 하지만 계속 뛰었다. 왜냐면 꿈이니까!

뛸 때마다 영어 참고서는 더 많이 찢어졌다. 하지만 개의치 않았다. 오히려 그 소리마저 경쾌하게 들렸다. 오기로 더 힘껏 뛰고 내려다보니 영어 참고서는 걸레처럼 너덜너덜해져 있었다. 그걸 보니 더 뛰고 싶어졌다.

찌직, 찍찍!

책장 찢어지는 소리에 묘한 쾌감이 느껴졌다.

뭐야, 나 변태였어?

혼자 묻고, 또 킥킥 웃었다.

한참 만에 숨을 몰아쉬며 돌아보니, 갈기갈기 찢어진 영어 참고서 쪼가리가 침대 위에 가득했다. 순간, 소심한 마음이 다시 고개를 들었고, 이래도 되나, 싶은 생각이 솟아올랐다. 다시 한 번 엄마의 얼굴이 스쳐 지나갔다. 하지만 곧바로 고개를 저었다.

꿈인데, 뭘!

또 뭐 재밌는 게 없을까, 하고 사방을 두리번거렸다. 곧 꿈에서 깰지 모른다는 생각 때문에 조바심마저 들었다.

그런데 그때, 드르르륵 하는 소리가 났다. 귀가 저절로 움찔거렸다. 반희는 소리가 나는 방향을 가늠하고 침대 머리맡으로 걸어갔다. 침대 옆 보조 테이블을 내려다보니, 휴대 전화기가 진동하고 있었다. 부르르 떨 때마다 전화기가 한쪽 옆으로 조금씩 움직였다.

어어!

전화기는 밀려 나가다 모퉁이 끝에서 멈추었다. 이미 몸체의 4분의 1 정도가 테이블 바깥으로 비죽 나와 있었다.

누굴까?

꿈이라는 것도 깜빡하고 문득 궁금해졌다.

하지만 반희는 선뜻 내려서지 못했다. 침대와 보조 테이블 사이의 거리가 가깝지 않았고, 테이블의 높이가 낮아서 짧은 다리로 무사히 건너뛸 자신이 없었다. 평소에는 아무것도 아닌 거리와 높이가 지금은 까마득해 보였다. 별수 없이 침대 끝에서 앞발만 허공에 젓다가 뒤로 한걸음 물러났다.

쳇! 꿈에서 전화질하는 놈은 또 뭐야?

투덜거리면서 반희는 다시 침대 한가운데로 돌아왔다. 발라당 누우니, 하얀 털로 뒤덮인 네 다리가 공중에서 허우적거렸다. 어찌나 뽀얗고 폭신해 보이는지 기분이 좋아졌다.

짝귀를 안고 있을 때도 그랬다. 그 하얀 털을 얼굴에 문지르면 극세사 이불을 만졌을 때보다 보드랍고 촉감이 좋았다. 그때가 생각나서 반희는 앞발을 얼굴에 문질렀다. 하지만 얼굴도 털로 뒤덮여 있어서 그때의 느낌은 나지 않았다.

반희는 일어나 다시 침대 위를 돌아다녔다. 찢어진 영어 참고서가 발끝에 밟히며 뿌드득뿌드득 소리를 냈다. 반희는 참고서를 내려다보았다.

펼쳐진 책장에 색색으로 써 놓은 메모와 겹쳐 그은 밑줄이 먼저 눈에 들어왔다. 귀퉁이에 낙서도 보였다.

1등.

씨발. 니가 무슨 1등이야?

별종년.

그리고 '수지'라는 이름이 두 번. 그런데 이름을 써 놓고 빨간 펜으로 진하게 가위표(×)를 해 놓았는데, 왜 그랬는지는 기억이 나지 않았다.

그것 말고도 알 수 없는 건 또 있었다. Select databses that contains logins to transfer. 도대체 이 문장은 왜 빨간색 파란색 펜으로 겹겹이 칠해 놓은 걸까? All this was supposed to work like magic. 이 문장의 'supposed to'에는 왜 '중요'라는 글자를 두 번이나 써 놓았을까?

아, 앞발로 책장 하나를 넘기니 생생하게 기억나는 것도 있었다.

맞아. 이 문제는 'to 부정사'의 쓰임이 다른 걸 묻는 문제였는데, 어쩌자고 중학교 때 배운 걸 헛발질한 걸까? 그리고 바로 다음 문제도……. 그래. 이 두 문제 때문에 영어 점수가 깎였고, 총점 3점 차이로 1등을 뺏겼지? 그래서 아빠한테 죽빵을 당한 거고. 하, 씨…….

급작스레 부아가 치밀었다. 반희는 앞발로 책장을 쭉 찢어 버렸다.

쫙쫙, 쫘아악! 쫙!

그 소리에 반희는 또다시 알 수 없는 쾌감을 느꼈다. 그래서 이번에는, 마치 강아지가 땅을 파는 모양새로 참고서를 연신 찢어 댔다. 침대 위는 아까보다 더 난장판이 됐다. 무슨 폭탄이라도 터진 듯했다. 그 위를 이리저리 뒹굴면서, 반희는 씩 웃었다.

히히!

아까보다 기분이 더 좋아지며 나슨해졌다. 만약 토끼만 아니었다면 콧노래라도 불렀을 것이다. 더구나 지금은 엄마가 느닷없이 방문을 열고 들어올 걱정조차 할 필요가 없으니까. 아니, 문을 열고 들어온다고 해도 잠에서 깨어나면 그만이니까. 그래서 반희는 마음껏 웃고, 찢어진 참고서를 밟으며 폭신한 이불 위에서 깡충깡충 뛰었다.

그때, 다시 테이블 쪽에서 전화기가 부르르 떨리는 소리가 났다.

부르르르르.

그러다가 이번에는 그 소리가 채 멎기도 전에 쿵, 하는 소리가 들렸다.

반희는 깝죽거리다 말고 얼른 침대 머리맡으로 달려갔다. 아래를 내려다보니 결국 휴대폰이 땅바닥에 떨어져 있었다. 전화기는 그런 채로 한 번 더 울렸다.

도대체 어떤 놈이야?

아무리 꿈이라고 해도, 계속 메시지를 보내고 있는 놈이 누군지 알고 싶어졌다.

반희는 침을 꿀꺽 삼켰다. 그리고 테이블까지의 거리와

높이를 가늠해 보았다. 아까와는 달리 해볼 만하다 싶었다.

뭐, 그러다 잠이 깨면 어쩔 수 없는 거고. 어차피 일어날 시간이 된 것 같은데…….

반희는 될 대로 되라지, 하는 마음으로 용기를 내서 뒷발에 힘을 주었다. 그러자 몸이 가볍게 허공으로 날아올랐다. 그런데 아차차! 힘 조절을 제대로 하지 못하고 뒷발에 너무 힘을 주고 말았다. 토끼는 처음이라…….

결국 반희는 테이블에 착지하지 못하고, 그대로 지나쳐 땅바닥으로 추락했다. 그것도 주둥이가 먼저 바닥에 닿고 말았다.

"꾸에엑!"

반희는 비명을 내질렀다. 그러나 비명이 채 멈추기도 전에 몸은 더 미끄러져서 주둥이로 문 옆쪽의 벽을 한 번 더 들이받았다. 결국 꽥, 하는 소리를 연이어 내고 말았다.

겨우 몸을 추스르고 나니, 턱이 아팠고 허리에도 찌릿한 통증이 전해졌다. 눈물이 쏙 빠졌다. 그 순간, 의문이 들었다.

이건 또 뭐지? 꿈에서도 통증을 느끼나? 통증마저 생생한 꿈이라니!

반희는 앞발로 주둥이를 몇 번 쓰다듬고, 한 번 더 고개를 갸웃거렸다. 그런 다음, 문 앞까지 밀려난 휴대 전화기 앞으로 쪼르르 걸어갔다. 하지만 전화기가 뒤집혀 있어서 한참이나 씨름해야 했다. 두 발로, 입으로 여러 번이나 버둥거린 후에야 전화기를 겨우 뒤집었다.

잠시 갸웃거리다가 반희는 앞발로 홈 버튼을 눌렀다. 그러자 화면이 켜졌다. SNS 알림 아이콘이 반짝였다. 반희는 그곳을 문질렀다. 하지만 화면은 움직이지 않았다. 발바닥까지 덮인 털 때문인 듯했다.

곰곰이 생각하다가 이번에는 혓바닥을 화면에 댔다. 다행히 화면이 움직였다. 혀로 비밀번호를 누른 반희는 화면의 첫 페이지를 넘겨 SNS 앱을 핥았다. 하지만 혀의 면적이 넓어 다른 앱이 실행되기도 했고, 다시 원래의 화면으로 되돌아가기도 했다. 몇 번을 그렇게 하니 화면은 금세 침으로 축축해졌다. 머리를 굴린 끝에 혀 앞쪽을 접어 최대한 뾰족하게 만든 뒤 간신히 앱을 실행할 수 있었다.

SNS 화면에 나타난 메시지는 모두 8개였다. 발신자는 둘뿐이었고, 둘이 각각 나란히 4개씩 보낸 것이었다. 한 명은 신차미였고, 또 다른 한 명은 조민규였다. 반희는 눈살을 찌푸렸다.

어이가 없네. 아무리 꿈이라도 너무 막장 아니야? 어떻게 이런 애들까지 내게 메시지를 보내는 걸까?

아니, 저따위 애들 전화번호가 저장되어 있다는 사실조차도 놀랍고 이해할 수가 없었다. 차미는 중학교 1학년 때까지는 잘 알던 사이여서 그렇다 치지만, 일진 나부랭이에 불과한 민규는 뭐란 말인가? 여드름 때문에 얼룩빼기 얼굴을 한 그 껄렁이가 왜?

나랑 급이 다르잖아, 급이!

반희는 자신에게 자꾸만 되묻지 않을 수 없었다.

나도 모르는 사이에 도대체 무슨 일이 있었던 거야?

오전 **7시 | 45분**

뒤까불다가 곰곰이 생각하니, 정말로 이상했다. 기억이
나지 않았다. 머릿속이 하얗게 비어 있는 느낌이었다.

가만 어제 뭐 했지?

알 수 없었다. 정말로 깔끔하게 지워진 빈 노트 같다고나
할까.

그제는……?

마찬가지였다. 이게 무슨 일이지 싶었지만 반희는 곧 대
수롭지 않은 일이라 여겼다. 어차피 꿈인데, 어제 뭐 했는지,
그제는 또 무슨 일이 있었는지, 하는 것들은 중요하지 않았
다. 반희는 고개를 끄덕이고, 차미의 메시지부터 열었다.

오늘도 쌩까겠다, 이거지?

돈이고 뭐고 다 필요 없어. 새끼야.

옛정을 생각해서 기회를 주려 했는데,

넌 안 되겠어. 단단히 각오해야 할 거야.

쩝, 입맛을 다셨다. 반희는 차미가 왜 그런 메시지를 보냈는지 알 수 없었다. 고개를 갸웃거렸다.

뭐라는 거야, 이 급식충!

아무리 꿈이라도 너무 앞뒤가 없었다. 다짜고짜 이게 무슨 귀신 씻나락 까먹는 소리란 말인가?

느닷없이 돈은 뭐고, 뭘 각오하란 거야? 게다가 옛정이라니? 그 애는 아직도 그런 게 남았단 말이야? 매욱한 계집애 같으니! 그나저나 단어 선택이 뭐 이렇게 구려? 아재도 아니고. 혹시 얘가 아직도 나 좋아하는 거 아니야? 에이, 설마! 무슨 지가 신데렐라라도 돼? 어딜 넘봐, 자기 주제도 모르고? ……에이, 아닐 거야!

반희는 머리를 흔들었다. 자신도 모르게 과하다 싶을 정도로. 그 때문에 긴 귀가 얼굴을 때렸다. 하지만 털이 북슬북슬해서 감촉이 그리 나쁘지만은 않았다. 이번에는 민규의 메시지를 열었다.

새꺄! 네 말 들었다가 나만 새 됐어.

나 학교생활에 지장 생기면 다 네 책임이다!

아, 됐고!

이따가 1교시 시작 전에 돈 가지고 옥상으로 튀어 와.

반희는 앞으로 튀어나온 앞니를 내밀고 피식 웃었다.

지가 언제부터 학교를 다녔다고? 돈도 없고 공부도 못하는 잉여 새끼가! 정학만 두 번이나 당하고, 학교에서도 내놓은 일진 새끼. 생긴 건 킹콩이 광대 처바른 것처럼 생겨서는…….

기분이 더러워졌다. 엄마 말대로라면, '아예 계급이 다른' 아이들과 메시지를 주고받는다는 것 자체가 치욕스러웠다. 아무리 꿈이라도 이건 너무하지 않은가? 게다가 하나는 돈이 필요 없다고 하고, 또 하나는 돈을 달라고 하고.

내가 무슨 저축은행이라도 되냐? 이것들이 무슨 짝짜꿍이 맞아 나를 골탕 먹이려는 건가? 아니면 무슨 안 좋은 일을 더미씌우기라도 할 참인가? 하긴 꿈이 다 유쾌하지는 않은 법이니까. 꼭 귀신이 나오고, 낭떠러지에서 떨어져야 나쁜 꿈은 아니니까.

여간 찌무룩한 게 아니었다. 그 탓에 아까 궁금했던 것들이 다시 고개를 들었다.

도대체 며칠 동안 무슨 일이 있었던 걸까? 어제? 그제? 지난주……? 그 지난주는?

한 달 정도의 기억이 통째로 떠오르지 않았다. 반희는 머리를 문에 톡톡 찧었다. 공부할 때도 무언가 기억이 나지 않을 때 하는 버릇이었다. 물론 이미 놓쳐 버린 문제처럼 몇 주 동안의 기억은 하나도 되돌아오지 않았다. 꿈이라서 그런지 모르겠다는 생각이 들긴 했다.

문에 머리를 기대고 있자니, 문득 밖에서 무슨 소리가 들리는 듯했다. 음식 냄새도 났다. 그러자 기억에 대한 궁금증은 사라지고 그것들에 신경이 갔다. 반희는 조금 움직여 문틈 사이에 코를 박고 킁킁거렸다.

된장찌개 냄새였다. 반희는 한참 동안 문틈 사이로 들어오는 냄새를 맡았다. 구수했다. 자신도 모르게 침이 꼴깍 넘어갔다. 코를 문틈에 대고 비벼 댔다. 배가 고파서 그런지도 몰랐다. 그러다가 반희는 제풀에 깜짝 놀랐다.

뭐야? 내가 언제부터 된장찌개 냄새를 좋아했지?

반희는 아침부터 그 퀴퀴한 냄새가 몸에 배는 게 싫었다. 그런 날이면 아침을 거르거나 따로 샌드위치를 먹곤 했다. 그렇게 싫다는 티를 내도 엄마는, "아빠가 아침에 국이 없으면 못 드신다잖아." 하면서 극구 끓여 대던 것이라 더더욱 실큼했던 된장찌개 아니던가. 그런데 왜 지금은 코가 뭉개지도록 문틈에 얼굴까지 쑤셔 박고 있는 걸까? 별일이다 싶어 고개를 갸웃거렸다. 하지만 이내 고개를 끄덕였다.

아, 꿈이지! 그래, 꿈이니까…….

그러자 '급식충'과 '잉여'가 보낸 메시지도 이해가 되었다. 꿈이란 원래 현실과 반대이기도 하고, 일들이 앞뒤 없이 뒤죽박죽 뒤섞이기 일쑤니까. 반희는 더 힘차게 고개를 끄덕였다. 그와 함께 양쪽의 늘어진 귀가 또다시 털럭거렸다. 바로 그때였다.

"오늘 밤 주인공은 나야 나!"

외치듯 부르는 노랫소리가 들렸다. 소리가 워낙 커서, 반희는 화들짝 놀랐고 자신도 모르게 팔짝 뛰어올랐다. 돌아보니 전화기에서 나는 알람 소리였다. 반희는 다가가 잠시 갸웃거리다가 홈 버튼을 발로 밟았다. 시끄러워서, 아니, 꿈에서 깨어나고 싶지 않아서였다. 눈을 뜨는 순간, 일어나 씻고 밥 먹고 바삐 학교엘 가야 하니까.

반희는 고개를 저었다. 아이들과 부딪치는 것도, 이미 학원과 과외 선생님한테 배운 것을 또 주저리주저리 떠드는 국어 선생님의 말을 듣고 있는 것도 따분했고, 엄마 말대로 '지방대학을 나온 주제'에 '이건 시험 출제 가능성이 90프로'라는 말을 달고 사는 수학 선생님의 코맹맹이 소리는 더더욱 듣기 싫었다.

조금만 더 자고 싶었다. 그러나 그게 생각만큼 쉽지는 않았다. 겨우 알람을 껐는데, 이번에는 바깥에서 소리가 들렸다.

"반희야! 아직 안 일어난 거야?"

연이어 문을 두드리는 소리가 쾅쾅 울렸다. 반희는 깜짝 놀라 쪼르르 달려서 침대 밑으로 기어 들어갔다. 그리고 눈을 동그랗게 뜨고 사방을 두리번거렸다. 어느 결에, 심장도 쿵쾅쿵쾅 뛰었다. 하지만 엄마의 목소리는 더 이상 들려오지 않았다. 반희는 후유, 하고 긴 숨을 내쉬었다.

이제 방문이 열리면 꿈에서 깨겠지?

그런 생각이 들자, 반희는 고개를 저었다. 동시에 중얼거렸다. 물론 말은 입 밖으로 나오지 않았지만.

10분만요. 아니, 5분만!

반희는 혼자 기도하듯 중얼거리다가 제풀에 놀랐다.

어라? 방금 내가 무슨 짓을 한 거지? 진짜 토끼처럼 놀라서 부리나케 숨는 꼴이며 눈알을 돌리며 두리번거리는 짓거리라니!

순간 다시 짝귀가 생각났다. 녀석은 조금만 큰 소리가 나도 기겁을 하고 방구석이나 소파 아래로 들어가 파르르 떨곤 했었다.

아, 그때 녀석이 바로 이 침대 밑까지 들어왔었구나. 컵라면 국물을 뒤집어쓰던 바로 그날……. 이리저리 펄쩍펄쩍 뛰고 난리를 치더니, 이리로 들어와 반나절을 버텼지, 아마?

플래시를 비추어 보니 온몸을 쉴 새 없이 파르르 떨었고, 초점 잃은 눈으로 허공을 바라보고 있었더랬다. 면발 몇 가닥을 장식처럼 머리에 두르고. 지금도 그 모습을 생각하면

우습기도 하고, 어이가 없기도 했다.

놈이 그러거나 말거나 그냥 둘까 하다가 라면 냄새가 진동을 하는 바람에 하는 수 없이 꺼내기로 했다. 잔뜩 겁에 질려서 나오지 않으려고 버티는 걸 긴 작대기를 넣어 배를 찌르고 등을 쑤셔 댔다. 그래도 구석에서 버티다가 온몸을 찔린 뒤에야 놈이 침대 아래서 기어 나왔다. 하지만 반희가 잠시 방심한 틈에, 놈은 거실로 달려 나갔고, 마침 열어 놓은 다용도실로 달아났다. 뒤집어썼던 면발을 질질 흘리면서. 더 이상은 귀찮아서 그냥 두었더니, 얼마 후에 죽었다. 그것도 세탁기 뒤에서, 겨우 영하 1도에. 가사도우미 아줌마가 발견하지 못했으면, 어쩌면 한동안 죽었는지조차 몰랐을 거였다. 그 때문에 반지가 며칠 동안 울고불고 난리를 쳤다. 다용도실에 틀어박혀서 백설 공주 살려 내라며 몇 날 며칠을 징징거렸다. 반희는 그런 반지가 영 마뜩잖아서 '반푼이'라며 핀잔을 주었다.

그쯤에서 반희는 고개를 저었다. 공연한 지난 일에 골몰하고 있다는 생각이 들어서였다.

반희는 침대 밖으로 한 발 내디뎠다. 하지만 거기서 다시 멈추었다. 엄마의 목소리가 들려왔기 때문이었다. 아까보다 더 세게 문을 두드리는 소리와 함께.

"반희야! 얼른 일어나. 오늘 영어 시험이라며? 아빠도 일어나셨어. 학교까지 태워다 주신대!"

순간, 반희는 고개를 갸웃거렸다.

그랬……나? 시험 기간이었어? 그래서 침대 위에 영어 문제집이 펼쳐져 있었던 건가? 뭐야? 그런데 왜 기억이 하나도 나질 않는 거지? 그럼, 이러고 있을 때가 아니지!

반희는 비로소 얼른 잠에서 깨어나야겠다고 생각했다. 쪼그리고 앉았던 반희는 찬찬히 침대 밑에서 나왔다. 하지만 그게 전부였다.

……?

갑자기 바보가 된 기분이었다. 잠에서 깨어나기 위해 뭘 해야 할지 몰랐고, 어떻게 하는지를 몰라서였다.

이쯤에서 자연스럽게 깨어나야 하는 거 아니야?

생각은 그랬지만, 그저 방 한가운데서 멍하니 앉아 있는 일 외엔 할 수 있는 게 없었다.

하아, 씨…….

입안에서 욕을 우물거렸다. 입맛이 써서, 자꾸만 혀를 날름댔다. 반희는 발을 동동 굴렀다.

시험이라잖아, 시험! 그런 줄 알았으면 진작 잠에서 깼어야지!

그래야 책 한 페이지라도 더 볼 수 있고, 한 문제라도 더 맞힐 수 있으므로. 이번에야말로 등수를 회복하지 못하면, 그 꿈에서처럼 아빠의 주먹이며 발길질이 날아올 테니까. 문득 아빠 생각에 몸이 오싹해졌다.

아, 왜 하필 영어 시험이 있는 날에 늦잠을 자고 있는 걸까. 그때도 영어 시험 때문에 망쳤는데. 그래. 그게 시작이었지. 이전 영어 시험이 쉽게 나와서 만만히 보았고, 그 바람에 중학교에서 배웠던 문제를 틀렸지. 그것도 두 문제나. 그 탓에 다른 아이에게 1등을 내줘야 했어.

머리가 아프고 빠르게 불안해졌다. 빨리 잠에서 깨어나야겠다는 생각이 금세 머릿속에 가득해졌다.

그때, 다시 한번 엄마가 문을 두드렸다.

"너 오늘따라 많이 늦네! 어서 나와! 오늘 시험만 끝나면, 내일은 토요일이잖아. 졸려도 조금만 참아!"

순간 반희는 엄마를 응원했다. 빨리 들어와서 깨워 달라고. 간절함이 통했던 걸까. 다행히 휴대 전화기의 알람 소리까지 한 번 더 울렸다.

"오늘 밤 주인공은 나야 나!"

됐어. 이제 깨어나겠지.

그러나 웬걸! 엄마도 들어오지 않았고, 알람 소리가 다 끝날 때까지도 꿈은 멈추지 않았다. 모든 건 그대로였다. 토끼인 채로! 설마, 하면서 머리를 흔들었지만, 그 치렁치렁 늘어진 귀만 펄럭거렸다.

미친!

시간이 없었다. 알람이 세 번째 울렸다면 7시 45분일 거였다. 그러면 밥을 거르고 아빠 차를 탄다고 해도 8시 10분은 되어야 학교에 도착할 테고, 결국 시험 직전에 공부할 수 있는 시간이 고작 50분.

아악! 안 돼!

반희는 어금니를 꽉 물고 벽 앞에 섰다. 그리고 머리를 벽에 박았다.

콩콩!

하지만 이상했다. 아까처럼 머리는 아픈데, 잠은 깨지 않았다.

이런 빅엿같은 경우가 다 있어!

반희는 화가 났다. 이번에는 톡 튀어나온 앞니로, 발끝을 힘주어 깨물었다.

으억!

눈물이 쏙 빠졌다. 물론 그뿐이었다. 여전히 토끼의 모습 그대로였다. 털로 뒤덮인 가죽을 아무리 벗겨 내려 해도 소용이 없었다. 불안감이 더 빠르게 몰려왔다.

하! 이거 뭐지? 도대체 어제 무슨 일이 있었던 거야? 뭘
잘못 먹기라도 한 거야?

반희는 당혹스러워서 어쩔 줄 몰랐다. 좁은 방 안을 이리
왔다가 저리 갔다가 하면서 안절부절못했다. 눈알을 이리
저리 굴렸다. 몸을 떨었고, 혓바닥으로 허공을 핥았다. 그러
다가 흠칫 놀랐다. 짝귀가 하던 짓을 자신이 하고 있지 않은
가? 반희는 정신을 차려야겠다고 마음먹었다. 방 한가운데
우뚝 멈추어 서서 무언가 생각해 내려 애썼다. 하지만 무엇
을 떠올려야 하는지조차 알 수 없었다. 한순간 바보가 된 기
분이었다.

뭐지? 응? 이거 뭐야? 지금 이 상황 뭐냐고?

자신을 다그치면서 연신 제자리를 뱅글뱅글 돌았다. 물어

31

뜯어도 안 되고, 머리를 짓찧어도 안 된다면 도대체 무얼 해야 하는 걸까?

빨리 생각해 내. 응? 빨리!

자신을 재촉하면서 반희는 휴대폰을 내려다보았다. 그때 문득 무언가 머릿속을 스쳐 지나갔다.

인터넷!

반희는 지체 없이 앞발로 휴대 전화기의 홈 버튼을 눌렀다. 혀를 오므려 인터넷 앱을 열었다. 그리고 검색창에 자음과 모음을 하나씩 쳐 나갔다.

꾸메서 ㄲㅐ새ㄴ

크큭.

그 와중에 웃음이 났다. 마치 욕을 써 넣은 것 같아서였다. 하는 수 없이 반희는 글자들을 지웠다. 그리고 다시 차분히 철자를 하나씩 눌러 갔다.

ㄲㅜ메섞

또 오타가 났다. 몇 글자 쓰는 게 이렇게나 어려운 일이었나.

꿈에서 캑느버ㅂ

이번에도 잘못 썼다. 슬슬 화가 나가 시작했다. 반희는 숨을 몰아쉬고 다시 혀를 놀렸다.

꿈ㅇ메서 2ㄲㅐㅂ

으.

반희는 짜증이 치밀어 올랐다. 그래서 자신도 모르게 외쳤다.

이 빌어먹을 혓바닥, 쭉 뽑아 버릴까?

물론 겉으로 소리는 나지 않았다. 그냥 허공에 대고 혀를 휘저었을 뿐이었다.

다시 정신을 가다듬었다. 그리고 이미 침으로 흥건한 폰 화면에 다시 혓바닥을 들이댔다. 하지만 하필이면 그때, 바깥에서 소리가 들렸다.

"반희는 아직 안 나왔어? 벌써 학교에 간 거 아니야?"

아빠의 목소리였다. 반희는 숨을 죽였다. 등줄기에서 땀이 흘렀다. 침을 꿀꺽 삼켰다. 하지만 잠시 후, 반희는 고개를 저었다. 차라리 아빠가 들이닥쳐서라도 꿈에서 깨는 게 낫다는 생각이 들었다.

어서요!

울걱거려 보았지만 소용없었다. 혀만 허공에 둥둥 떠다닐 뿐이었다.

"아니에요, 신발도 그대로 있어요. 그리고 오늘 참고서 산다고 돈 달랬는데……."

엄마의 목소리도 가까워졌다. 방문 손잡이가 철컥거리더니, 문짝이 흔들렸다. 쿵쿵 소리가 방 안을 울렸다.

"조반희, 뭐 하는 거야? 아직 자는 거야? 시험 보러 안 가?"

아빠의 목소리가 한층 거칠어졌다. 반희는 뒤로 물러났다. 그리고 입술을 달싹댔다.

그래, 차라리 문을 열어요. 어서! 잠에서 깨어나게. 늦게 일어났다고 뒤통수를 때려도 좋아요.

간절히 바랐지만, 문은 열리지 않았다.

휴! 오늘따라 왜 문은 잠그고 잔 거야?

반희는 제 머리를 쥐어박고 싶었다. 결국 아빠는 문손잡이를 몇 번 더 흔들다가 멈추었다. 목소리도 멀어져 갔다.

"밥상부터 얼른 차려! 나오겠지. 나 먼저 씻고 나올 테니까."

다시 바깥은 조용해졌다. 하는 수 없이 반희는 다시 휴대전화기를 열었다. 다행스럽게도 이번에는 오타를 낸 지 세 번 만에 가까스로 글자를 제대로 쳐 넣을 수 있었다.

꿈에서 깨는 법

그리고 검색창 옆의 돋보기 모양을 간신히 눌렀다. 그러자 바로 여러 가지 정보들이 떴다. 우선 검색어의 문장과 일치하는 정보를 눌렀다. 누군가의 개인 블로그에 있는 글이었다. '제가 꿈을 자주 꾸거든요. 그런데 어떤 때는 무서운 꿈에서 깨지 않는 거예요. 이게 분명 꿈이라는 건 알고 있는데도 말이에요……' 대충 읽다가 중간을 보니, 두 줄이 눈에 띄었다.

꿈에서 빨리 깨는 법
1. 그 자리에서 데굴데굴 구른다. 몸에 불이 붙었을 때 하는 것처럼, 누워서 양옆으로
2. 그 자리에서 빙빙 돌기

반희는 발라당 누웠다. 네 다리를 허공에 올리고 굴렀다. 계속 구르다가 벽에 부딪치면 다시 반대쪽으로 데구루루 굴렀다. 세 번쯤 이쪽저쪽을 오갔다. 그러다 보니 등도 아프고 어지러웠다. 그런데도 잠에서 깨어나지 않았다.

이, 씨…….

투덜거리면서 일어나 두 번째 방법을 따라 해 보기로 했다. 반희는 그 자리에서 뱅글뱅글 돌았다. 쉼 없이 여러 번 계속 돌았다. 금세 어지러워졌다. 중심 잡고 서 있기가 힘들 지경이었다. 그래도 참고 두어 번을 더 돌았다. 그러는 바람

에 비틀거리면서 한쪽 벽에 쿵 부딪쳐 쓰러지고 말았다. 순간적으로 별이 보였다.

깼나?

반희는 눈을 질끈 감았다가 떴다. 하지만 그대로였다. 침대 위에 있어야 할 몸은 방금 쓰러진 벽 아래 그대로 처박혀 있었다.

뭐야, 이거! 안 되잖아.

부아가 치밀었다. 반희는 다시 휴대 전화기 홈 버튼을 눌렀다. 조금 전에 보았던 블로그의 페이지가 그대로 되살아났다. 그걸 보다가 반희는 앞발로 전화기를 밟아 버렸다. 맨 아래에 쓰인 두 줄 때문이었다.

안 될 수도 있음.
그러나 2년 전까지는 잘 됐음. 5학년이 되면서 잘 안 먹힘.

그럼, 내가 지금 초딩 블로그를 보고 따라 한 거였어?

어이가 없었다. 마치 농락당한 기분이었고, 자신이 한심하다는 생각도 들었다. 그래도 포기할 수는 없었다. 벽에서 반짝이는 시계의 숫자 때문에 더 그랬다.

08:00

반희는 멍하니 있다가 다시 폰을 열고 페이지를 넘겼다. 몇 개를 죽죽 읽다가 또 한 줄에서 멈추었다.

……자각몽이 틀림없는 경우는, 마음을 편하게 하고 머리를 비운 다음, 눈을 감고 있다가, 갑자기 확 뜨는 겁니다. 그러면 눈앞에 현실이 딸! 그런데 눈을 떴는데도 현실이 아니다? 그때는 눈을 까뒤집는 거예요. 헤헤!

아, 이 개새…….

욕설이 튀어나오려다가 멈추었다. 글을 쓴 녀석이 앞에 있으면 싸대기라도 한 대 갈기고 싶었다.

후유!

반희는 긴 숨을 내쉬고 다시 문 앞에서 종종거렸다.

제발 문 좀 열라고!

마음속으로는 계속 그렇게 중얼댔다. 문만 열리면 잠에서 깨어날 것 같아서였다.

바람과는 달리 한동안 엄마와 아빠의 목소리는 들리지 않았다. 다만 반지가 노래처럼 반복적으로 흥얼거리는 소리만 들렸다.

"반희는 학교 가요, 반희는 학교 가요."

잠시 후에는 그 소리마저 멈추고 사위가 고요해졌다.

뭐야? 왜 이렇게 조용한 거야?

시끄러우면 시끄러운 대로 조용하면 조용한 대로 불안했다. 뭘 해도 신경이 쓰였고, 아무것도 하지 않아도 가슴이 뛰었다. 얼마나 시간이 지났을까? 반희는 눈을 감았다. 그리고 최대한 편안한 자세로 앉았다. 배를 방바닥에 깔고 앞발을 쭉 뻗고, 턱을 발 위에 올린 채. 그러고 나서 최대한 머릿속을 비웠다.

그래, 아무런 생각도 하지 말자. 되도록 편안하게…….

어느새 반희는 블로그에 쓰인 내용을 그대로 따라 하고 있었다. 아무럼 어때? 빨리 잠에서 깨어나면 되지, 하는 심정뿐이었다. 반희는 한참 눈을 감고 있다가, 갑작스레 눈을 확 떴다. 재빨리 눈에 들어오는 것을 쳐다보았다. 하지만 천장이 아니었다. 제일 먼저 토끼의 앞발이 보였다.

아, 저 미친 새끼! 내가 저걸 믿었다니! 야! 이 새끼를 그냥 손가락 쫙쫙 찢어 버릴까 보다!

그때였다. 생각나는 대로 욕설을 퍼붓는데 밖에서 다시 아빠의 목소리가 들려왔다.

"뭐야? 아직도 안 기어 나왔어? 이놈이 아직도 정신 못 차리나 보네? 5등을 한 것도 부족해서 이젠·아예 10등 밖으로 밀려나겠다는 거야?"

뒤이어 엄마도 나섰다.

"반희야, 며칠 밤새우더니 혹시 아픈 거니? 반희야?"

"며칠 밤새웠다고 아파? 사내새끼가 그 정도 가지고 무슨 엄살이야? 얼른 일어나지 못해?"

아빠의 목소리가 더 커졌고, 문도 더 세게 두드렸다. 반희는 겁이 났다. 하지만 곧 어금니를 꽉 깨물었다.

그래, 이렇게 해서라도 얼른 잠에서 깨어나야 해! 어차피 아빠한테 두들겨 맞는 건 잠깐이야. 늘 그래 왔는걸, 뭐!

반희는 각오를 하고 문에서 예닐곱 걸음 물러났다. 그러자마자 아빠가 더 재촉했다.

"너 이 새끼! 공부 안 했지? 안 하고서 시험 못 볼 거 같으니까, 아픈 척하는 거 아니야? 그래, 대가리를 그따위로 굴린다, 이거지? 이 새끼가 아주 매를 벌어요, 매를!"

"아니에요. 반희가 얼마나 공부를 열심히 했는데요. 3일 동안 거의 밤을 새웠고……. 밥 먹으면서도 단어 외는 것 못 봤어요? 영어, 수학 과외 선생님도 이번엔 절대 실수 없을 거라고 했단 말이에요."

"근데 왜 능장을 부려. 이거 요령 피우는 거잖아. 에이, 한심한 새끼! 밥이나 줘. 나 먼저 먹을 테니까!"

"알았어요."

"그리고 정말 아프거든 시험부터 보게 한 다음에 병원에 데려가라고. 알았어?"

덜퍽부리듯 몰아치던 아빠의 목소리가 점점 작아졌다. 실내화 끄는 소리도 저만큼 멀어져 갔다. 자신도 모르게 파르르 떨고 있던 반희는 비로소 숨을 길게 내쉬었다. 얼핏 벽에 걸린 디지털시계를 보니, 8시 15분이었다. 반희는 넋을 놓은 채 한참 동안 시계만 바라보고 서 있었다. 그런 채로 5분이 지났다.

"반희는 학교 가요, 반희는 학교 가요."

반지의 목소리가 다시 들렸다. 문고리를 만지는지 달그락거리는 소리도 들렸다. 반희는 정말 간절히 애원했다.

야! 너라도 문 좀 열어 봐. 그리고 나 좀 깨우라고! 도대체 넌 왜 그렇게 쓸모가 없어? 야!

하지만 곧 그 소리도 잦아들고 곧 아빠가 한 번 더 문 앞으로 다가왔다.

"이 방 열쇠 없어?"

"이사 올 때부터 없었어요."

아빠의 질문에, 엄마의 대답이 멀리서 들렸다.

"아, 이 꼴통 새끼! 야, 조반희! 내가 지금은 바빠서 출근하는데……. 아무튼 다녀와서 보자, 이 새끼!"

아빠는 그 말을 남기고 사라졌다. 저편에서 현관문을 여닫는 소리와, 잘 다녀오라는 엄마의 목소리가 들렸다. 동시에 디지털시계의 숫자가 '08:30'으로 막 바뀌었다. 반희는 그 자리에 털썩 주저앉았다.

무슨 이런 거지 같은 꿈이 있는 거지?

그 말을 되씹으면서 혀를 놀렸다. 잠시 후, 엄마가 다시 문을 두드려 댔다.

"반희야, 너 정말 이럴 거야? 이번 달에 시험 잘 봐서 사람 구실 하기로 했잖아."

사람 구실? 맞아. 몇 달 전에 빼앗긴 1등을 아직 되찾아 오지 못했지? 그래서 용돈도 절반으로 줄었고, 잠도 매일 한 시간 덜 자야 했고, 먹을 때도 눈치 보고, 휴대 전화기도 못 바꾸고, 일주일에 겨우 한두 시간 할까 말까 한 게임도 못 하고……. 아, 다른 일들은 캄캄하기만 한데, 어쩌자고 그 것만큼은 또렷하게 기억이 나는 걸까.

그 생각을 하니, 또 조급해졌다. 정말 시험 기간이라면 얼른 잠에서 깨어나야 했다. 어느새 벽에 걸린 시계는 8시 45분을 가리키고 있었다. 반희는 벽에 또 머리를 들이받고 앞발을 힘껏 깨물었다. 하지만 그래도 꿈은 깨지 않았다.

"반희야, 제발 문 좀 열어 봐. 응?"

엄마가 한 번 더 애원하듯 문을 두드렸다. 답답하기는 반희도 마찬가지였다.

나도 노력 중이라고요. 이 빙충이 같은 꿈에서 깨어나려고 별짓을 다 하고 있단 말이에요.

아무리 그래도, 그놈의 시뻘건 혓바닥만 움찔거릴 뿐 소리는 나오지 않았다. 그런 반희의 사정을 아는지 모르는지 엄마는 또 말했다.

"너 정말 이러면 강제로 연다."

어서요! 서두르라고요, 제발!

반희는 재촉했다. 그런데 무슨 일인지 엄마는 더 이상 말하지 않고, 저편으로 멀어져 갔다. 도리어 다급해진 반희가 이편에서 방문을 박박 긁어 댔다. 조금 시간이 지난 뒤, 엄마의 목소리가 들려왔다.

"관리실인가요? 여기 503호인데요. 문이 열리지 않아서요. ……네? 지금 당장요. 네에, 알겠어요."

인터폰을 한 걸까?

잠시 후, 다시 엄마가 가까이 다가오는 소리가 들렸다. 하지만 금세 멎었다. 느닷없는 터키 행진곡 때문이었다. 엄마의 전화벨 소리였다. 엄마의 발소리는 그와 함께 다시 멀어져 갔다. 반희는 눈을 감고 앞발을 모았다.

오오! 부처님, 예수님, 알라신이시여. 아, 산신령님도 함께요. 얼른 잠에서 깨어나게 해 주세요. 그렇게 해 주시는 분에게는……. 어, 당첨되시는 분에게는……. 뭐, 가진 건 그쪽이 더 많으실 테니까, 드릴 건 없고. 아, 부처님이 해결해 주시면 절에 갈 거고, 예수님께서 해 주시면 교회에 가서 헌금도 잘 할 거고……. 어때요? 콜?

어느새 행진곡은 멈추어 있었고, 엄마의 심각한 목소리가
들려왔다.

"네, 선생님! ……그게요. 반희가 많이 아파요. 네? ……
네, 알죠. 저도 웬만하면 학교에 보내겠는데, 열이 워낙 심해
서요. 저도 많이 속상해요. 이게 무슨 날벼락인가 싶기도 하
고……. 네? 그, 그럼요. 일단 병원에 좀 가 보고……."

이 대책 없는 꿈이 이젠 담임까지 등장시킨 모양이었다.
하긴 8시 45분이 지났으면, 반 아이들은 이제 초조하게 시
험지 나눠 줄 선생님 얼굴만 쳐다보고 있을 거였다. 잠시 끊
겼던 엄마의 목소리는 곧 이어졌다.

"네, 그럴게요. 아, 저……. 선생님, 혹시 시험을 안 보면
성적은 어찌 되는 거죠?"

그리고 또 엄마의 목소리가 사라졌다. 그건 반희도 궁금했다. 그럴 리는 없겠지만, 이게 만약 꿈이 아니라면……? 하지만 그런 생각을 하자마자 반희는 화들짝 놀랐다.

무슨 말도 안 되는 생각을 하고 있어.

반희는 아까처럼 문틈에, 치렁치렁 늘어진 귀를 바짝 붙였다. 다시 엄마의 목소리가 들렸다.

"네에. 근데 혹시 반희만 따로 시험을 보는 방법은……. 아, 선생님. 잠깐만요. 제가 다시 전화 드릴게요."

엄마가 황급히 전화를 끊었다. 초인종 소리가 났다. 아마 누가 온 모양이었다. 누굴까, 싶어서 반희는 방문에 귀를 기울였다. 현관문이 열리는 소리와 함께, 낯선 남자의 목소리가 들렸다.

"여긴가요? 이 방문이 안 열린다는 거죠?"

곧바로 방문 손잡이가 덜그럭거렸다. 반희는 깜짝 놀라 뒤로 물러섰다. 침을 꼴깍 삼켰다.

이제 문이 열리고 잠에서 깨는 거겠지? 좀 늦긴 했지만…….

그런 생각을 하고 있는데 문이 안쪽으로 벌컥 열렸다. 그 바람에 반희는 얼결에 더 뒷걸음쳤다. 하지만 반원을 그리며 열리는 문에 부딪쳐 털썩 넘어지고 말았다.

반희의 몸은 한쪽 구석으로 쏠려 나갔다. 얼른 몸을 일으켜 재빨리 보조 테이블 옆에 웅크렸을 때, 엄마가 들어왔다.

반희는 눈을 감았다. 이제 잠에서 깰 테니까.

하나, 둘, 셋!

얼른 숫자를 세고 반희는 눈을 떴다. 그런데…….

"반희야! 반희……? 어, 없네. 얘가 어딜……. 으아악!"

엄마의 비명 소리가 방 안을 울렸다. 엄마는 방 한가운데에서 침대를 내려다보면서 파르르 떨었다. 눈을 크게 뜨고 입을 벌린 채 발을 동동 굴렀다. 아무리 그래도 더 기가 막힌 건 반희 자신이었다.

뭐야, 아직도 꿈인 거야?

반희는 어쩔 줄을 모르고 가만히 엄마를 올려다보기만 했다. 엄마는 한동안 이러지도 못하고 저러지도 못한 채 가만히 서 있었다. 그러다가 뒤를 힐끔 쳐다보고 다시 침대 앞으로 다가갔다. 천천히 허리를 굽힌 엄마는, 못 볼 걸 본 듯 찢어진 영어 참고서를 들어 올렸다. 그리고 뭉쳐진 이불을 들추었다.

"하아! 도대체 이게 무슨…….."

숨도 거칠었고, 그 때문에 혼자 내뱉는 말소리도 몹시 떨렸다.

그때 열린 방문 앞에 서 있던 반지가 슬며시 다가와 섰다. 금방 일어났는지, 덩덕새머리를 한 채 큰 눈을 연신 껌벅거렸다. 반지는 눈치를 보듯 엄마를 한번 힐끗 쳐다본 다음, 곧장 반희를 내려다보았다. 허여멀쑥한 반지의 입가에 미소가 돌았다. 동시에 손에 들고 있던 인형을 내려놓더니, 반희에게 더 다가왔다. 반지의 눈이 반짝거렸다. 곧 반지는 아예 책상다리를 하고 앉아 반희와 눈을 맞추었다. 반희는 숨이 막히고 침이 말라서 자꾸만 허공에 대고 혓바닥을 날름거릴 뿐이었다. 무슨 생각에서인지 반지가 해끔한 손을 내밀었다.

어쩌라고? 앞발이라도 달라고? 아니면 핥아 줘? 내가 강아지라도 되는 줄 알아? 나 반희야!

얼결에 몰아붙이듯 말했다. 물론 소리는 나오지 않았지만. 그런 반희의 속마음을 아는지 모르는지 반지는 손을 더 뻗어 반희의 한쪽 귀를 살살 간질였다. 반희는 실뚱머룩했지만, 더 물러날 데가 없었다. 이미 웅크려 앉은 몸이 벽에 바짝 닿아 있었다. 반지는 고개를 돌리는 반희의 머리를 쓰다듬었다. 바로 그때였다. 엄마가 이쪽으로 시선을 돌렸다.

"반지야! 여긴 왜 들어왔어……? 꺄악! 이, 이건 또 뭐야?"

엄마가 뒤로 물러서며 소리를 질렀다. 그러더니 눈을 찌푸리고 한참을 내려다보았다. 잠시 후, 엄마는 다가와 무릎을 굽혔다.

"이, 이거 반희가 사 놓은 거니? 저런 걸 언제……? 설마 또 죽이려고?"

엄마가 반지에게 물었다. 물론 반지가 알 턱이 없었다. 반지는 여전히 초롱초롱한 눈을 씀벅거리며 반희를 쳐다보기만 했다.

"침대 위를 저렇게 난장판으로 만들어 놓은 게 이 토끼야? 세상에! 그런데 반희는 어디 갔어? 응? 반지, 너 반희 나가는 거 못 봤어?"

엄마는 당황하고 있었다. 반지가 대답하지 않는데도 계속 물었다. 하지만 반지는 오로지 반희만 빤히 쳐다볼 뿐이었다. 아무런 반응이 없자, 엄마는 다시 몸을 돌렸다. 무슨 생각을 했는지, 혼이 나간 사람처럼 옷장을 뒤지고, 책상을 살피고, 의자 옆의 가방 속까지 헤집었다. 그렇게 들척거린 다음에도 못 미더운지 또 사방을 두리번거렸다.

"도대체 이게 무슨 일이야? 응? 도대체……."

그럴 때쯤, 바깥에서 엄마의 전화벨 소리가 들렸다. 엄마는 하는 수 없다는 듯 일어났다. 하지만 걸음을 옮기다가, 채 문턱을 넘기 전에 다시 한번 반희를 쳐다보았다. 때를 맞추어 문밖에 어정쩡하게 서 있던 낯선 남자도 슬그머니 사라졌다. 반희는 간절히 기도했다.

부처님, 예수님. 제발 두 분 중에서 한 분이 제 소원 좀 들어주세요. 지금이라도 늦지 않았으니……. 어서요! 만약 안 들어주시면, 우리 교회 목사님이 헌금만 밝힌다고 떠들고 다닐 거고, 스님이 고기 먹는 거 봤다고 말할 거예요. 그러니까 어서 좀…….

하지만 기도가 채 끝나기도 전에 엄마가 돌아왔다. 전화기를 귀에 바싹 댄 채로.

"문은 열었어요. 그런데……. 네? 아니, 그게 아니고……
없어요. 토끼만……. 몰라요, 나도. 반희가 사다 놓았겠죠.
……그래요. 감쪽같이 사라졌다고요. 네, 그러니까 확인 좀
더 해 볼게요. 그리고 다시 전화할게요. ……알았어요. 알았
다고요. 일단 반희한테 전화 좀 해 보고요."

그리고 엄마는 전화를 끊었다. 분위기로 보아 아빠 전화
인 듯했다. 엄마는 다시 전화기를 만지작거리면서 거실로
나갔다. 힐끗 돌아보니 전화기를 귀에 대고 소파 주위를 서
성거리고, 또 주방을 왔다 갔다 했다. 그때 방바닥에 널브러
져 있던 전화기가 부르르 떨었다. 엄마의 전화가 틀림없었
다. 전화기는 쉴 새 없이 진동했다.

마침내 엄마는 현관까지 나갔다. 신발장을 뒤지는 것 같
았다. 그러더니 문을 열고 밖을 나갔다가 왔다. 자전거가 있
는지 없는지 확인한 걸까? 전화기의 진동은, 엄마가 거실로
돌아오고 나서야 멈추었다. 반지는 그 모든 일에는 관심이
없다는 듯, 반희만 빤히 쳐다보고 있었다.

왜? 뭐, 어쩌라고?

반희는 공연히 주둥이만 삐죽거렸다. 그래도 반지는 미소
를 지으며, 호기심 가득한 눈빛으로 반희에게서 시선을 떼
지 않았다. 곧 엄마가 다시 돌아왔다. 그리고 방 안을 서성거
렸다.

"어떻게 해야 하지? 무엇부터 해야 해? 전화도 안 받고……."

엄마는 몹시 불안해 보였다. 핏기가 가신 얼굴도 그랬고, 서성대는 모양새도 정상으로 보이지 않았다. 엄마는 손에 들고 있던 전화기를 연신 만지작거렸다. 전화번호를 찾는 듯하더니, 곧 어디론가 전화를 거는 모양이었다.

혹시, 내 친구들한테……?

하지만 반희는 고개를 저었다. 친구라고 할 만한 아이가 따로 없었다. 그룹과외를 하고 있는 아이들 몇을 제외하면. 아니 그 아이들과도 사적인 대화조차 나누지 않았다. 그 아이들이 친구는 맞는 걸까? 함께 게임 한번 해 본 적도 없고, 어울려 PC방을 가 본 적도 없는데?

아, 그 애들과 내가 서로 이름을 불러 본 적은 있었나?

반희의 생각이 어떻든 엄마는 전화기를 다시 귀에 댔다. 발신음이 엄마의 전화기에서 작게 새어 나왔다. 하지만 엄마는 다시 전화기를 내리고 고개를 저었다. 엄마는 몇 번이나 그러기를 반복했다. 어디론가 전화를 걸었다가, 끊었다가. 그리고 얼마 후, 엄마는 책상 앞으로 다가가더니 무슨 영화 대사라도 외듯 책상을 내리치며 중얼댔다.

"반희, 이 새끼! 너마저……."

엄마는 마치 분해서 어쩔 줄 모르겠다는 듯 주먹을 쥐고 어금니를 물었다. 그런 엄마의 옆모습을 올려다보면서 반희는 침을 꼴깍 삼켰다. 엄마는 한동안 그런 채로 움직이지 않았다. 책상 위에 나란히 진열된 수학 경시대회 상패와, 학력 우수 표창 메달을 쳐다보면서. 그런 중에도 반지는 가만히 반희를 내려다보고 있었다. 얼굴엔 미소가 더 짙게 번졌고, 흰 이가 살짝 드러났다. 맑고 밝은 모습이었다. 이윽고 반지는 못 참겠다는 듯 입을 열었다.

"어디 갔다가 왔어, 응? 백설 공주야, 난쟁이한테 갔다가 왔어?"

반지는 더 가까이 다가왔다.

그나저나 아직도 백설 공주라니!

반지는 짝귀를 데려왔을 때, "하얗잖아. 온통 하얗잖아." 라고 연신 반복하면서 한사코 백설 공주라고 우겨 댔다. 그 토끼가 수놈이었음에도 불구하고. 물론 반희에게는 그저 짝짝이 귀를 가진 못난 토끼에 불과했을 뿐이었다.

백설 공주 아니라고! 그냥 짝귀야, 짝귀! 알았어, 멍청아?

그 와중에도 반희는, 그때의 일을 기억하며 주둥이를 움 찔거렸다. 그와 상관없이 반지는 더 다가왔다.

"그래, 그래. 잘했어. 오느라 힘들었지? 언니가 칭찬해. 쓰담쓰담."

반지는 반희의 머리를 문질렀다. 이어 귀와 목덜미와 앞발을 살살 간질였다. 반희는 무안해져서 고개를 옆으로 돌렸다. 그러자 반지는 따라와 손을 뻗었다. 왠지 어색해서 반희는 벽을 타고 옆으로 물러났다.

왜 그래? 저리 가! 내가 앤 줄 알아? 그리고 난 백설 공주가 아니라고! 백설 공주는 컵라면에 데어서 죽었잖아. 몰라? 그러니까 내가 너를 반푼이라고 하는 거야!

머리를 내저으며 입을 삐죽거렸다. 그리고 몸을 뒤틀었다. 하지만 반지는 막무가내였다. 결국 반희의 목덜미를 잡더니 끌어당겨 제 무릎에 앉혔다.

"난쟁이가 아프게 안 했어? 괜찮아. 이제 언니가 있으니까. 헤헤!"

반지는 정말로 좋아서 어쩔 줄 모르겠다는 표정이었다. 반희는 싫은 표정을 지었다. 물론 그럼에도 반지는 연신 머리를 쓰다듬었다. 잠시 후에는 반희를 들어 올려 제 품에 꼭 안았다. 얼굴을 비벼 대고 치렁치렁한 귀를 매만지며 지분거렸다. 반희는 어찌할 도리가 없어서 가만있었다.

그런데 왜일까? 그런 반지의 행동이 낯이 익었다. 그건 토끼를 기를 때 백설 공주에게, 아니 짝귀에게 하던 행동이었고, 그보다 더 오래전에 어린 반희에게 하던 짓이었다.

반희, 내 동생 반희. 세상에서 제일 예쁜 반희. 내 동생.

반희의 머리통을 제 가슴에 묻고는 쓰다듬고 토닥이며, 마치 아기를 달래듯 했다. 그 기억 때문에도 반희는 섣불리 반지의 품에서 헤어 나올 생각을 하지 못했다. 도리어 이 어처구니없는 꿈 때문에 놀라서 심장이 벌렁거리고 가슴 졸였던 터라, 반지의 품이 포근하게 느껴지기까지 했다.

그러다가 화들짝 놀랐다. 모자라도 한참 모자란 반지가, 제 앞가림도 하지 못하는 반지가 끌어안고 입을 맞추었던 그때가 생각나서였다. 갑자기 얼굴이 화끈거렸다. 더구나 그 모습을 반 친구들이 보고 있어서 얼마나 창피했는지! 반희는 자신도 모르게 온몸을 부르르 떨었다. 반희는 안 되겠다, 싶어 꿈틀거렸다. 하지만 그럴수록 반지는 더 힘을 주어 반희를 안았다. 나중에는 뒷발로 밀쳐 내려 해 보았지만, 그마저도 소용이 없었다.

그때쯤, 다시 터키 행진곡이 울려 퍼졌다. 엄마는 재빨리 전화를 받았고, 반희는 숨을 몰아쉬면서 귀를 쫑긋 세웠다.

"네. ……아니라니까요. 교복도 그대로 있고, 가방도 안 들고 나갔어요. 지갑도 책상 위에 있고요. 네? 전화도 안 받아요. 가출요? 설마……. 네? 안 돼요! 그럴까, 생각해 봤지만……. 절대 안 돼요. 생각해 보세요. 함부로 다른 아이들 엄마들한테 전화했다가는……. 그 엄마들이 얼마나 말이 많은지 알잖아요. 정말 반희가 가출이라도 했다면, 그걸 고스란히 광고하는 꼴이잖아요. 날 보고 가출한 애의 엄마가 되라고요? ……뭘 어떻게 해요? 나도 모르겠다고요!"

또 아빠가 전화를 한 모양이었다. 엄마는 통화가 끝날 때까지 내내 투덜거렸다. 억울하고, 화가 나고, 어쩔 줄을 모르겠다, 엄마의 말 속에는 그 모든 감정들이 들어 있었다.

엄마는 전화를 끊고 후유, 하고 한숨을 여러 번 내쉬었다. 그러더니 또 한참을 서성대다가 혼이 나간 사람처럼 책상 위의 책들, 책꽂이, 서랍과 옷장, 벗어 놓은 교복과 가방, 체육복 주머니까지 다시 뒤적거렸다.

땅바닥에 버려져 있던 반희의 전화가 드르르륵 소리를 낸 건 그즈음이었다. 반희는 반사적으로 고개를 돌렸고, 엄마도 동시에 두리번거렸다. 방향을 가늠하지 못하는 듯 엄마는 책상 앞에서 무언가를 이리저리 둘러보았다. 그리고 잠시 후, 문 앞에 있는 전화기를 발견했다.

도대체 이 시간에 누가 전화를 한 걸까?

반희는 침을 꼴깍 삼키며 쳐다보았다. 동시에 엄마가 전화기 앞으로 다가갔다.

"이거, 반희 전화기……."

엄마는 중얼거렸고, 잠시 머뭇거리다가 얼른 전화기를 집어 들었다. 반희는 심장이 조금 전보다 두세 배는 더 쿵쾅거리면서 뛰는 기분이었다.

"여보세요? ……맞는데, 누구지? 차미? 아……. 그래, 그런데 네가 웬일로? 아직도 우리 반희와 연락하고 그러니? ……그래. 오늘 학교에 못 갔어. 반희가 많이 아파서 말이야. 아, 안 돼. 지금은 통화할 수 없어. ……그래, 알았다."

뜻밖이었다. 아까 메시지도 어이없는데, 전화까지 한 이유가 뭘까? 무슨 꿈이 막장에 막장을 더해 가는 기분이랄까. 참으로 흉악한 꿈이라는 생각이 들었다.

물론 차미는 초등학교 동창이었고, 한때는 단짝처럼 친하기도 했다. 집에 놀러 온 적도 여러 번이었다. 반지와 어울려 놀았던 유일한 아이이기도 했다. 다른 아이들과 달리 차미는 정신이 온전치 않은 반지를 잘 다독였고, 언니처럼 돌보아 주곤 했다. 오히려 친동생인 반희보다 더 살갑게 대했다. 특히 그림을 잘 그렸던 차미는 몇 번이나 반지의 얼굴을 그려 주곤 했는데, 반지는 그걸 무척이나 좋아했다.

하지만 초등학교 5학년 때부터는 서로 볼 일이 없었다. 반희는 학원과 과외로 바빴고, 차미는 그림을 그려야 해서 다니는 학원도 달랐다. 중학교는 서로 다른 학교에 다니다가 고등학교 때 다시 만났지만, 그 애는 '예체능반'이었다. 그런 애와는 만날 일도, 연락할 일도 없었다. 차미가 왜 아침부터 전화를 한 걸까?

엄마는 전화를 끊었다. 그리고 또 혼자 중얼거렸다.

"휴대폰까지 두고 가고……. 도대체 어디서 이런 애들하고 전화질까지! 이 새끼가 정말……."

엄마는 반희의 전화기를 들고 거실로 나갔다. 그때까지도 반지는 반희를 제 앞에 내려놓고 쭈그려 앉아 있었다.

어떻게 해야 하지?

자신에게 물었지만, 딱히 그에 대한 답을 내놓을 수는 없었다. 지금 당장은 반지가 좀 물러서 줬으면 했다. 반지는 이따금 눈만 깜빡이면서 반희를 뚫어지게 쳐다봤다. 게다가 한 번도 변함없는 미소라니!

그러니 모자라다는 소리를 듣는 거잖아!

반희는 공연히 반지에게 화가 났다. 그래서 퉁명스럽게 소리쳤다.

야, 제발 좀 저리 가 버릴 수 없어?

물론 목소리는 나오지 않았다. 주둥이를 조금 거칠게 움찔거리고 그러느라 앞니를 내밀었을 뿐이었다. 그런데 그걸 보자마자 반지는 또 흰 이를 드러내면서 웃었다.

"왜? 언니한테 할 말 있어? 해 봐! 언니가 다 들어줄게. 누가 백설 공주한테 뭐라고 했어? 언니가 혼내 줄까?"

정말로 누나 구실이라도 하려는 듯 반지는 반희를 어르고 달랬다. 하지만 그럴수록 반희는 더 짜증이 났다.

반푼도 안 되는 머리로 뭘 하겠다는 거야? 그리고 그 머리로 백설 공주 이야기는 도대체 어떻게 알고 있는 거냐고?

그런 반희의 마음을 아는지 모르는지 반지는 더 소리를 높였다.

"빨랑 말해 보라니까! 난쟁이들이 뭐라고 한 거야? 아니면, 나쁜 왕비? 어딨어? 거실에?"

그러더니 거실을 힐끔 쳐다보았다. 이어 곧바로 일어났다. 동시에 반지는 반희의 모가지를 꽉 움켜쥐었다. 일순간, 숨이 탁 막혔다. 반희는 온몸을 버둥거렸지만, 반지는 오히려 더 힘껏 목을 쥐었다.

아악! 야, 씨이! 켁켁! 토끼는 귀를 붙잡는 거라고!

또 주둥이를 삐죽거렸다. 하지만 반지는 역시 알아듣지 못했고, 그렇게 들어 올린 채로 반희의 몸뚱이를 이리저리 훑어보았다. 그러면서 웃었다.

"히히! 토끼다! 토끼!"

아무리 용을 써도 소용이 없었다. 반지의 손에는 힘이 더 들어갔고 목은 더 아팠다. 그런 줄 아는지 모르는지 반지는 천진난만하게 웃기만 했다. 그때, 엄마의 목소리가 들려왔다.

"반지야, 거기서 뭘 하고 있어? 이리 나와. 어서!"

그 말에 반지는 거실 쪽으로 고개를 돌렸다. 그리고 여전히 반희의 목을 그러쥔 채 거실로 나갔다. 엄마는 소파에 앉은 채 반희의 휴대폰을 살피고 있었다.

"그걸 왜 들고나왔어? 그거 내다 버려! 어서!"

엄마는 가까이 다가온 반지를 발견하고 목소리를 높였다. 그러나 반지는 세차게 고개를 저었다. 아니, 몸까지 흔들어 댔다. 그러느라 반희도 같이 흔들렸다.

"내가 키울 거야!"

"안 돼! 지난번에도 죽였잖아. 어서 내다 버리고 와."

"내가 안 죽였어. 반희가 죽였어!"

엄마의 말에 반지가 소리를 빽 질렀다. 얼굴이 경직되었고, 눈까지 부릅떴다. 반희는 한순간의 망설임도 없이 내뱉은 엄마의 말에 놀랐고, 거침없이 소리를 높인 반지의 말에 가슴이 철렁 내려앉았다.

반희는 잠시 얼어붙은 채 생각을 가다듬어야 했다.

내다 버리라고? 설마……. 아, 맞아. 엄마는 토끼가 나라는 걸 모를 테니 그럴 수도 있지만……. 가만! 반지는 짝귀를 내가 죽였다는 걸 알고 있었단 말야? 그런데 왜 나에게 아무런 원망의 말을 하지 않았지?

소름이 돋았다. 숨기고 있던 것을 들킨 기분이었다. 물론 반지가 알고 있었다고 해도 크게 달라질 건 없었다. 정신도 온전치 않은 반지가 그까짓 일을 알고 있어 봤자, 뭘 어쩌겠는가? 그런 생각을 하며 반희는 애써 괜찮아, 라고 자신을 토닥였다. 여전히 뒤끝은 개운하지 않았지만.

"휴! 알았어. 일단 알았으니까 내려놔."

반지가 빽 내지른 소리에 엄마도 놀란 듯했다. 엄마는 한 발 뒤로 물러서며 소리를 낮추었고, 고개를 끄덕였다. 그제야 반지는 씩 웃었다.

"반지야. 토끼 그렇게 들고 있으면 목 졸려 죽어."

그 말에 반지는 얼른 목을 쥐었던 손을 놓았다. 그 바람에 반희는 거실 바닥에 떨어지고 말았다.

"꾸엑!"

반희는 엉덩방아를 찧었다. 꼬리뼈가 바닥에 닿았고, 그

러자마자 그 통증이 등뼈를 타고 머리끝까지 전해졌다. 그
때, 거실의 뻐꾸기시계가 울었다. 겨우 몸을 추스르고 올려
다보니, 오전 10시였다.

2부

"아니에요. 애가 좀 아파서……. 심한 건 아니고요. 몸살
이죠, 뭐. 아……. 별수 없죠. 다음 시험 때는……. 맞아요.
꼭 그래야죠. 오히려 좀 쉰다, 생각하게요. 요즘 애들 공부하
느라 너무 힘들었잖아요. ……그럼요. 저는 오히려 편하게
생각하려고요. 뭐, 어때요? 아이 인생이 오늘만 있는 것도
아니고. 저는 길게 보려고요. 네? 에이, 성적이야 좀 떨어질
때도 있고……. 오히려 그걸로 마음 졸였을 우리 애한테 미
안하네요. 그동안 너무 극성스러운 엄마가 아니었나, 하는
생각도 들고……. 그래요. 걱정해 줘서 고마워요. 다음 주 모
임 때 만나요."

전화 통화를 하는 동안, 엄마는 내내 미소를 지었고, 호호
웃었다. 아니, 그러는 척했고, 너그럽고 여유 있게 말하려 애

60

썼다. 겉으로는 말들 하나하나에 진심을 보여 주려 노력하는 것 같았다. 물론 그럴수록 표정은 점점 더 굳어졌다. 전화를 끊자마자 엄마는 짜증을 냈다.

"걱정된다고? 퍽이나 그러겠다. 반희가 학교에 안 왔다니까, 눈치 보느라 전화한 거 모를 줄 알고? 지 딸년이 한 등수라도 오를 테니 좋아서 전화했겠지. 내가 질질 짜고 있는 모습이라도 기대한 모양이지? 한때는 반희 발끝도 못 따라오던 것들이…… 반희가 학교 안 가니까 신나서 죽겠니? 좋아 죽겠어? 재수 없는 년!"

그러고는 소리를 꽥 지르고 전화기를 소파에 집어 던졌다. 그런 다음엔 반희의 방을 쳐다보면서 소리를 질렀다.

"반희, 이 나쁜 새끼! 나를 이런 식으로 모욕해?"

활짝 열린 반지의 방에서 그러고 있는 엄마의 모습이 고스란히 다 드러났다. 엄마는 마치 일인극을 하고 있는 것처럼 보였다.

벌써 세 번째였다. 그 세 번의 전화마다 모두 비슷한 말을 했고, 전화를 끊고 나면 또 똑같이 짜증을 부렸다. 그러고 난 다음에는 허공에 대고 독설을 퍼부었다. 반희는 그 세 통의 전화가 어디서 걸려 온 것인지 짐작이 갔다. 모두 반희와 그룹과외를 하는 5명의 엄마들이 틀림없었다. 정기적으로 모임도 하고, 입시 정보도 나누는 엄마들이었다. 유미, 혜수, 명수, 다은. 모두 1등급이었고, 전교에서 20등 안에 드는 아이들이었다. 그런데 가만히 듣고 보니, 어이가 없었다.

내가 뭘? 내가 언제 엄마를 모욕했다고? 도대체 무슨 말도 안 되는 소리를……. 내가 다른 애들처럼 엄마 욕을 했어, 아니면 손가락질이라도 했어?

화가 나서 반희는 엄마 쪽을 쳐다보았다. 엄마는 소파에 앉았다가 일어섰다를 반복했고, 가끔 어디론가 전화를 하려다가 말았으며, 거실을 수도 없이 서성거렸다. 벌떡 일어나 반희의 방으로 달려가 휘젓고 다시 돌아와서 혼잣말을 하기도 했다.

"하, 참! 기가 막혀서!"

몇 번은 짜증을 참을 수 없다는 듯 소리를 꽥 지르기도 했다. 그렇게 10시 45분이 지났다. 그때부터는 한동안 말없이 소파에 앉아서 끊임없이 한숨만 내쉬었다. 마침내 뻐꾸기시계의 뻐꾸기가 튀어나와 요란하게 울어 댈 때까지. 어느새 12시였다.

그즈음부터 엄마는 전화벨이 울려도 받지 않았다. 그리고 얼어붙은 사람처럼 소파에 머리를 기대고 늘어졌다. 사방은 고요했고, 공기는 무겁게 가라앉았다. 그때까지 반지는 반희를 제 방으로 데려가 잠시도 놓아 주지 않았다. 안고서 계속 쓰다듬고 목덜미를 간질이고, 등을 쓸어 주기도 했다. 가끔 번쩍 들어 올려 입을 맞추었다. 그때마다 반희는 고개를 이리저리 돌렸지만, 그래도 반지는 반희의 귀를 붙잡고 반복해서 강제로 제 입으로 끌어다 댔다. 그 탓에 반희는 어릴 때의 기억이 떠오르기도 했다. 반희가 반지보다 작았을 때, 반지는 반희를 끔찍이도 챙겼다.

"내 동생이야. 내 동생!"

같은 말을 반복하면서 반희를 연신 어루만지고 쓰다듬었다. 툭하면 끌어안고, 볼에 뽀뽀를 했고, 엄마와 외출할 때는 반희의 손에 땀이 나서 미끌거릴 때까지 놓지 않았다. 항상 손을 잡고 잤다. 일어나면 반희부터 찾았다.

"반희, 우리 반희. 반희, 반희……."

적어도 반희가 반지보다 키가 크고 힘도 세져서 밀쳐 낼 수 있을 때까지는 그랬다. 물론 한동안은 밀쳐 내도 반지는 또 다가오고, 다시 끌어안았다. 참으로 지겹도록!

반지가 보통 사람들과 다르다는 걸 안 다음부터, 반희는 반지가 귀찮아졌다. 말도 못 알아듣고, 잘하는 것이라고는 없는, 그래서 학교도 제때 못가고, 뒤늦게 특수학교에나 겨우 간 반지가 싫었다. 키도 반희보다 훨씬 작은 반지가 누나라니!

무엇보다 아이들이 놀리는 게 싫었다. 아이들은, "너희 누나 좀 모자라다며?"라는 말을 서슴없이 했고, 더 짓궂은 놈은 반지가 하는 말을 흉내 내기도 했다. 결국 그걸로 싸움을 벌였다. 놀리던 놈의 뺨을 때리고 상처를 내서 학교가 발칵 뒤집히기도 했다. 결국 엄마는 반희를 전학시키고, 반지를 집에서 먼 특수학교에 보냈다.

중학생 때, 가족이 모두 외출했다가 반 친구를 만난 적이 있었는데, "그 애 우리 누나 아니야. 친척이 놀러 온 거야!" 라고 말하기도 했다. 그게 나쁘다는 건 알고 있었다. 하지만 싫은 건 싫은 거였다. 그런 누나가 있다는 사실 자체가 수치스러울 뿐이었다.

반희는 자신도 모르게 고개를 저었다. 기억을 떨쳐 내고 싶었다. 그런데 너무 세게 고개를 저은 탓에 귀가 펄럭거려 반지의 뺨을 때렸다. 그런 반희의 모습이 이상해 보인 모양이었다. 얼굴을 들이대고 반희를 쳐다보고 있던 반지가 물었다.

"왜 그래? 혹시 심심해서 그런 거야?"

반희는 어떻게 할 수가 없어서 그냥 빤히 쳐다보기만 했다. 그러자 반지도 마주 보았다. 큰 눈을 한참 동안 깜박거리고, 얼굴을 더 들이밀었다. 그 때문에 반희는 뒤로 몇 걸음 물러났다. 반지는 엉덩이를 끌고 따라왔다. 반희는 어쩔 줄 몰라 제자리에서 머뭇거렸다. 그런데 어느 순간, 반지가 몸을 일으켰다. 반지는 잠시 두리번거리더니, 제 책상 서랍을 뒤졌다. 그러고는 까만색 리코더를 꺼내 가져왔다.

아!

반희는 자신도 모르게 낮은 탄성을 질렀다.

저걸 아직도 가지고 있었어?

어이가 없었다. 그건 반희가 초등학교 다닐 때 음악 시간에 불던 거였다. 그 소리가 좋았는지 툭하면 반희에게 달려와서 "피리 불어 줘!" 했고, 반희가 내팽개치자 제가 가지고 가서 아무렇게나 불어 댔다. 반희가 싫다고 해도 가져와서, "언니가 노래 들려줄게!" 하며 음정도 박자도 안 맞는 소리를 내며 삑삑댔다. 실큼해서 문을 닫아걸면 문 앞에 앉아서 10분이고 20분이고 불어 대기 일쑤였다. 엄마가 그만하라고 수십 번 소리를 지른 뒤에야 제 방으로 돌아가곤 했다. 반희가 고등학교 들어간 뒤에는 조용하다, 싶었는데…….

"심심하지? 언니가 노래 들려줄게."

반지는 리코더 끝을 반지의 코앞에 들이댔다. 그러고는 힘을 주어 불었다.

"삑삑삐익-! 삐이익-, 삑삑삑- 삐익익!"

리코더에서 쇠 긁는 소리가 났다. 첫 음이 들리자마자 귀가 저절로 움찔거렸다. 귀를 틀어막고 싶었지만, 어떻게 해야 하는지 알 수 없었다. 반희는 뒤로 물러났다. 그러거나 말거나 반지는 볼에 바람을 잔뜩 넣어 리코더를 불어 댔다.

"좋아? 그럴 줄 알았어. 그럼. 한 곡 더 들려줄게."

너는 이 표정이 지금 좋아하는 표정으로 보여?

반희는 되묻고 싶었다. 그만 좀 하라고 소리를 질러 댔지만, 입술만 움찔거렸다. 반지는 다시 리코더를 불어 댔다.

"삐익, 삑삑. 삐삐삐삑! 삑!"

어쩔 도리가 없어서 반희는 앞발을 뻗고 가만히 앉아 있었다. 그때, 거실 쪽에서 엄마의 목소리가 들려왔다.

"반지야! 뭘 하는 거야? 반지야!"

그래도 반지는 멈추지 않았다. 등을 벅벅 긁는 듯한 소리를 계속 냈다. 반희는 신경 쓰지 않으려고 애썼다. 하지만 소리가 워낙 자극적이어서, 한번은 뒷발이, 또 한번은 얼굴이 저절로 움찔거렸다.

"반지야! 그만 좀 해!"

마침내 엄마가 반지의 방문 앞까지 와서 소리를 질렀다. 그러자 반지는 재빨리 리코더를 제 등 뒤로 숨겼다. 예전에도 한번 엄마가 리코더를 빼앗으려 한 적이 있어서였다. 엄마가 다시 거실로 돌아가자 반지는 리코더를 이불 속에 숨기고 몸을 구부린 채 다시 반희를 빤히 쳐다보았다. 그러더니 소곤댔다.

"좋았지? 토끼는 노래를 좋아해. 이따가 또 들려줄게."

하지 말라고, 그만두라고 소리치고 싶었다. 하지만 알아들을 리 없는 반지는 눈을 깜빡거리기만 했다. 한동안 가만히 있었다. 무슨 말도 없었고, 손을 뻗어 쓰다듬지도 않았다.

그래, 그렇게 가만히 좀 있어. 나도 생각 좀 하게.

반희는 다시 말했다. 이번에도 주둥이만 꿈틀거렸지만, 반지는 정말 알아듣기라도 한 것인지 꽤 오래도록 귀찮게 하지 않았다.

하지만 별다른 생각은 떠오르지 않았다. 아주 막연하게, 이제 어떻게 해야 할까, 라고 되묻기는 했는데, 답이 있을 리 없었다. 시간이 또 조금 더 지나갔다. 이 와중에 졸음이 쏟아졌다. 자신도 모르게 고개가 자꾸 까닥거렸다. 그때였다. 반지가 갑자기 몸을 일으켜 세웠다.

"오줌 마려? 쉬할까?"

뜬금없이 뭐라는 거야.

정신을 가다듬고, 반희는 이번엔 아니라고 고개를 내저었다. 하지만 반지는 그에 아랑곳하지 않고 반희의 두 귀를 모아 한 손으로 잡더니 일어났다. 어찌나 세게 붙잡았는지 귀가 찢어질 듯 아팠다.

아악! 귀를 잡더라도 좀 살살 잡으란 말야! 한 손으로는 뒷다리를 받쳐 들어야지!

반희는 주둥이를 앞으로 내밀며 버둥거렸다. 그러나 소용이 없었다. 반지는 아랑곳하지 않고, 반희를 들고 화장실로 갔다. 그러더니 문도 안 닫고 변기 위에 들이댔다. 반희는 마치 변기 위에 대롱대롱 매달려 있는 꼴이 되고 말았다.

미친! 이러고 있는데 어떻게 오줌을 눠?

반희는 앞발 뒷발을 휘저으며 허공을 할퀴어 댔다. 그래도 반지는 막무가내였다.

"괜찮아. 어서 눠. 언니가 보고 있어서 그래? 안 볼게. 눈 감을게. 어서 쉬해!"

나오던 오줌도 들어갈 판이었다. 반희는 어이가 없었고, 그런 중에도 귀가 아파서 눈물이 핑 돌았다.

"다 했어? 아직도 안 했어? 언니 팔 아파!"

어이가 없었다.

그러니까 내려놓으라고! 왜 들고 있어, 왜?

그 소리가 목구멍에서 들끓었다. 바로 그때였다. 전화벨 소리가 크게 울렸다. 이번에는 인터폰과 연결된 유선 전화에서 나는 소리였다. 예닐곱 번쯤? 전화벨 소리는 멈추지 않았다. 변기 위에서 버둥대며 보니, 전화벨이 서너 번 더 울리고 난 뒤에야 엄마가 소파에서 느릿느릿 일어나는 게 보였다.

"여보세요······. 별일······. 반희가 없어진 거 말고는 별일 없어요. 그냥 좀 생각할 게 있어서······. 일부러 안 받은 게 아니고······. 그래서 생각하고 있다잖아요. 아니, 나는······."

아빠의 전화였다. 휴대 전화를 받지 않으니까, 유선 전화로 한 모양이었다. 그런가보다, 했다. 그런데 그다음 순간, 엄마가 갑자기 빽 소리를 질렀다.

"나도 미치겠다고요! 도대체 이 망할 놈의 자식이 갑자기 어딜 갔는지, 땅으로 꺼졌는지 하늘로 치솟았는지 모르겠다고요. 전화도 함부로 못 하겠고······. 무작정 찾아 나설 수도 없고, 나도 답답해서 죽을 지경이란 말이에요. 도대체 나더러 어쩌라고요?"

엄마의 목소리는 딱 거기까지 들렸다. 어느 순간 몸이 가벼워졌다. 귓가의 통증도 사라졌다, 싶었는데 반희는 잠깐 사이에 변기에 처박혔다. 엄마가 소리치는 바람에 반지가 깜짝 놀라 반희의 귀를 놓아 버린 것이다.

"꾸엑!"

게다가 어쩌자고 머리가 변기 구멍 안으로 들어가 버리고 말았다. 갑작스레 목구멍으로 물이 차오르고, 숨이 탁 막혔다.

"끄어어어어어!"

발버둥 치고 허우적대는데 어느 순간 몸이 다시 들려 올라갔다. 그러나 이미 물을 잔뜩 먹은 상태여서 반희는 정신을 차릴 수가 없었다.

"어머, 왜 거기로 빠졌어. 왜, 왜?"

이건 무슨 적반하장이랄 수도 없고, 반지는 반희의 뒷다리를 쥔 채 거꾸로 들고 흔들어 댔다. 그러더니 반희를 세면대 안에 넣었다.

"더러워! 지지야, 지지! 똥물에 빠졌어."

반지는 물을 틀었다. 찬물이 쏟아졌다. 물은 금방 세면대에 한가득 고였고, 반지는 반희를 세면대에 넣고 마치 빨래를 하듯 반희의 몸 여기저기를 문질러 댔다.

"꾸엑, 꾸꾹!"

코로 입으로 물이 넘어가는 바람에 숨을 쉴 수가 없었다.

야! 토끼는 물을 싫어한다고! 몰라?

아무리 그렇게 소리를 질러 봐도, 주둥이만 삐죽거릴 뿐, 소리는 나오지 않았다. 반지는 비누까지 묻혀 벅벅 문질러 댔다. 그 때문에 비누 거품이 입안에도 들어갔다. 캑캑거려도 소용없었다.

"언니가 깨끗이 씻겨 줄 테니까 가만있어. 반희도 내가 이렇게 씻겨 줬어. 옳지!"

그 말에 반희는 멈칫했다. 틀린 말은 아니었다. 반희가 반지보다 작을 때 그랬던 기억이 났다. 밖에 나갔다가 들어오면 반지는 반희를 욕실로 데려가 손발을 씻기고, 비누칠을 해 가며 얼굴을 꼼꼼히 닦아 주었다. 한번은 목욕까지 시켰었다. 그것도 옷을 입힌 채로. 그러다가 엄마에게 혼쩌검이 나긴 했지만. 곧 반지는 수건을 꺼내, 반희 털에 묻은 물기를 닦아 줬다. 그때 엄마가 이쪽을 향해 소리를 질렀다.

"반지야! 뭐 하니? 너까지 왜 이래? 응?"

"……"

반지는 아무런 대답 없이 반희의 귀를 닦았다. 발을 닦고, 가슴과 배를 문질러 댔다. 그즈음 엄마가 한 번 더 소리쳤다.

"너 정말……. 토끼 내다 버린다!"

순간, 엄마의 말이 그치기가 무섭게, 반지는 재빨리 반희를 들어 올려 품에 안았다.

"내 토끼야. 내가 키울 거야!"

그러더니 거실로 나가, 도망치듯 제 방으로 들어갔다. 반희의 몸은, 털을 덜 말린 탓에 군데군데가 축축했다. 그걸 아는지 모르는지 반지는 반희를 침대 위에 올려놓고 연신 히죽댔다. 아까처럼 반희를 쪼그리게 하고 머리를 쓰다듬고, 목을 주무르고 앞발을 톡톡 건드렸다. 반희가 별로 반응을 보이지 않는데도 여전히 제 얼굴을 가까이 들이밀고 찌근거렸다. 반희는 아예 눈을 감아 버렸다. 그러자 반지가 반희의 눈을 까뒤집었다.

"왜 또 그래? 왜 힘이 하나도 없는 거야? 아, 맞다! 배고파? 밥 줄까?"

그러고 보니 아침부터 아무것도 먹지 않았다는 사실이 떠올랐다. 반희는 눈을 떴고 동시에 반지가 끄응 소리를 내며 일어났다. 반지는 침대 옆 테이블 위에 놓아두었던 먹다 남은 스프링글스 과자를 꺼내 반희 앞에 내려놓았다. 반희는 그것을 덥석 물었다.

"아이, 우리 토끼. 잘 먹네?"

반지는 또 반희의 머리를 쓰다듬고 과자를 더 꺼내 놓았다. 반희는 그것을 단숨에 집어 먹었다.

"됐어? 이제 배불러? 그럼, 이제 코~ 자!"

반희가 여전히 입맛을 다시고 있는데, 반지가 머리를 눌렀다. 그리고 눈도 억지로 감겼다. 어쩔 수 없이 반희는 눈을 감았다. 그러자마자 반지는 옆에 나란히 누워 반희의 등을 토닥토닥 두드렸다. 반희는 가만히 있었다. 반지는 잠시도 반희를 손에서 놓을 생각이 없는 것 같았다. 그래도 전보다 긴장이 풀어진 모양이었다. 스르르 졸음이 쏟아졌다.

……교실이었다. 수업을 마치고 집에 갈 시간인지 아이들이 부산스러웠다. 몇몇은 책가방을 싸고, 또 한 무리의 아이들은 몰려 앉아 잡담을 나누고 있었다. 그런 중에도 반희는 수학 문제집을 펼쳐 놓고 함수 문제를 풀었다. 생각보다 문제는 잘 풀리지 않았다. 문제는 단순해 보였는데, 풀이를 할수록 꼬이는 기분이었다. 그래도 손을 쉴 새 없이 움직여 빈 노트를 꽉꽉 채워 갔다. 한 페이지를 넘어 또 다음 페이지까지.

무슨 문제가 이렇게 복잡해?

그렇게 생각하면서도 볼펜을 놓지 않았다. 옆에서 아이들이 시끄럽게 떠드는 소리가 들렸지만, 반희는 움직이지 않았다. 앞의 옆자리에 앉은 혜수 때문에라도, 쉬는 시간일지언정 허투루 보낼 수가 없었다. 그 누구보다 강력한 경쟁 상대였으니까.

요즘 혜수 화살과외 받는다면서? X맨 전문 지도라던데? 이제 곧 반희도 위태위태하겠는걸? 아이들의 그런 말을 여러 번이나 들었다. 족집게 과외보다 더 정확하다는 화살과외를 받는다고. 게다가 X맨은 강남에서 가장 유명한 과외 선생님의 별명이었다. X맨은 이웃 학교에서 10등 언저리만 맴돌던 아이를 3개월 만에 1등으로 만들었다는 전설을 가지고 있었다. 그에게 과외를 받으려면 줄을 서야 하고, 비용도 수천 만 원에 이른다는 소문이 파다했다. 실제로 혜수 역시 작년 봄까지 20등 안팎에서 고전을 면치 못하다가 올 초에 본 모의고사에서 전교 3등까지 치고 올라왔다.

반희는 그런 혜수의 모습을 잠시 쳐다보았다. 그리고 다시 수학 문제를 풀어 나갔다. 한 장을 넘기고 또 한 장이 넘어갔다. 풀어도 풀어도 문제의 답은 나오지 않았다. 볼펜을 쥔 손이 아프고 팔에 힘이 풀렸다. 그때까지도 문제는 끝이 나지 않았다.

그런데 어느 때쯤, 누군가 다가와 어깨에 손을 짚으며 말했다. 오늘 뭐 할 거야? 학원 가는 날인가? 벌써부터 다음 시험 준비하는 건 아니지? 그러니 너를 이길 수가 없지. 옆을 돌아보니 민규였다. 놈은 씩 웃었다. 그 모습을 보고 반희는 깜짝 놀랐다. 조금 전 그 다정한 목소리는 무엇인가?

뭐지? 내가 이 새끼랑 이렇게 친했어?

놈은 일진이었다. 공부와는 담을 쌓은 지 오래였고, 정학도 두 번이나 받지 않았었나? 놈에게 맞은 아이가 한둘이 아니었고, 그중 몇 명은 코가 부러지고 입술이 찢어지기도 했다. 돈을 빼앗긴 아이들도 여럿이었다. 선생님들도 골칫덩어리로 여기는 바로 그 잉여 새끼가 왜 바로 옆에 서 있는 걸까? 게다가 저토록 선한 표정으로!

그런데 잠시 후, 더 어이없는 일이 벌어졌다. 이번에는 앞에서 차미가 다가왔다.

안 돼! 반희는 오늘 내 차지야! 나랑 우리 집에서 시험공부 함께하기로 했어. 맞지? 그렇게 말하면서 차미는 반희의 손을 꼭 잡았다. 그리고 흰 이를 드러내며 웃었다. 뿐만 아니라, 입술을 동그랗게 말아 내미는 시늉을 해 보였다. 마치 뽀뽀라도 하겠다는 것처럼. 그걸 보고 반희는 기겁을 했다.

반희는 손을 빼내려 했지만, 차미는 놓아 주지 않았다. 오히려 깍지를 끼더니 더 가까이 다가왔다. 여차하면 반희의 무릎 위에 앉을 기세였다. 그때 민규가 한 말이 더 가관이었다. 후유! 이거 뭐, 여친 없는 사람 서러워 살겠냐? 하긴 너희 둘은 초등학교 때부터 그렇고 그런 사이랬지?

반희는 어이가 없었다. 여자 친구라니? 차미가? 반희는 둘을 번갈아 쳐다보았다. 하지만 아무 말도 할 수 없었다. 입이 떨어지지 않았다. 무어라고 말하려 자꾸 입술을 움찔댔지만, 말은 나오지 않았다. 그러는 동안 민규는 아예 반희에게 어깨동무를 했고, 차미는 정말 여자 친구라도 되는 듯 옆에서 허리를 끌어안았다. 그때였다.

자, 모두 제자리에 앉아요. 담임 선생님이 교실로 들어오면서 말했다. 소란스럽던 교실 안은 금세 차분해졌다. 담임은 교탁 앞에 서더니 교실 전체를 휙 돌아본 다음 조금 소리를 높여 물었다.

엊그제 끝난 시험에서 누가 1등을 했을까요? 그 질문이 떨어지자마자 아이들이 일제히 소리쳤다.

반희요! 그 말에 반희는 어깨가 으쓱 올라갔다. 그리고 자신도 모르게 미소를 지었다. 그런데 무슨 일일까? 담임이 고개를 저었다.

아니, 이번엔 아니에요. 그 말을 듣는 순간, 반희는 가슴이 철렁 내려앉았다. 온몸의 피가 일시에 굳어 버리는 느낌이었다. 숨도 쉬기 어려웠다. 아이들은 힐끗거리며 선생님의 다음 말을 기다렸다. 반희도 눈동자만 겨우 움직여 선생님을 쳐다보았다. 그때 선생님의 시선이 창 쪽 중간쯤으로 향했다. 그리고 어느 순간 멈추었다.

이번 1등은 혜수가 차지했어요. 박수! 아이들은 소리를 지르며 일제히 손뼉을 쳤다. 교실이 떠나갈 듯했다. 그리고 그즈음, 혜수가 뒤를 돌아보았다. 순간 혜수와 눈이 마주쳤다. 혜수는 씩 웃었다. 틀림없이 비웃음이었다. 혜수는 말했다.

이제 너 따위는 내 상대가 안 될걸? 그 말을 듣는 순간 반희는 벌떡 일어났다. 책상을 넘어뜨리고 의자를 치워 가며 혜수에게 다가갔다. 그리고 혜수의 뺨을 후려쳤다. 짝, 소리가 크게 났다. 그래서 한 대를 더……

하지만 손을 추켜올리는 순간, 혜수가 일어나서 먼저 반희의 뺨을 때렸다. 아니, 그러자마자 다른 아이들도 달려들었다. 옆에 있던 혜수의 짝꿍, 그 뒤에 서 있던 또 다른 아이들이 연이어 반희의 뺨을 후려쳤다. 뿐만 아니라, 방금 전까지 옆에 착 달라붙어 있던 민규와 차미까지 다가와 싸대기를 갈겼다.

으아, 으아아아!

소리를 지르면서 눈을 떴다.

이런 씨……. 꿈속에서 또 꿈을 꾼 거야? 그것도 악몽을?

짜증이 났다.

그나마 꿈속의 꿈에서는 사람으로 돌아갔는데……. 그거 빼고는……. 뭐야? 이런 꿈에서는 한 번 더 꿈을 꾸어야 사람이 되는 거야? 그럼, 이 꿈은 도대체 무슨 꿈인 걸까? 꿈에서 꿈을 꾸어야만 원래의 모습대로 돌아간다고? 하! 뭐가 이렇게도 복잡해? 게다가 아무리 꿈속의 꿈이라도 그렇지, 무슨 맥락이 이리도 없는 거야?

민규의 미소와 차미의 입술, 혜수의 따귀까지. 이토록 너더분한 꿈은 처음이었다. 아직도 심장이 마구 뛰었다. 공연히 앞발로 뺨을 문질러 댔다. 꿈속의 꿈에서 얻어맞은 뺨이 아직도 얼얼한 기분이었다. 반희는 정신을 차리고 사방을 둘러보았다. 반지는 깊은 잠에 빠져 있었고, 거실에서는 엄마가 전화를 받고 있었다.

반희는 일어났다. 그리고 찬찬히 침대 끝으로 갔다. 반지의 방에서 일단 나가야겠다는 생각이 들었다. 반지가 깨어나면 또 귀찮게 할지 몰라서였다.

일단 내 방으로 돌아가야 해.

가서 무얼 어찌해야 할지 알 수 없었지만, 그래야 한다는 생각이 자꾸 들었다. 하지만 훌쩍 뛰어내리기에는 침대의 높이가 만만치 않았다. 아까의 기억 때문에 반희는 머뭇거렸다. 오줌 마려운 강아지처럼 침대의 이쪽 끝에서 저쪽 끝까지 몇 번을 오갔다. 그래도 딱히 좋은 방법은 없는 것 같았다. 반희는 침대 한쪽 끝에 섰다. 그리고 뒤를 돌아 뒷발부터 내려놓았다. 물론 다리를 쭉 뻗어도 바닥엔 닿지 않았다. 어쩔 수 없이 최대한 몸을 늘어뜨렸다. 그리고 침대 끝을 붙잡고 있던 앞발을 놓았다.

"꾸엑!"

이번에도 꼬리뼈가 제대로 땅에 부딪쳤다. 짜릿한 통증이 허리를 거쳐 머리끝까지 밀려왔다. 반희는 너무나 아파서 제자리에서 깡충깡충 뛰었다. 통증이 조금 사그라들자마자 반희는 침대 위를 힐끗 쳐다보고, 문 쪽으로 걸었다. 문턱에 이르자 엄마의 전화 거는 목소리가 또렷하게 들려왔다.

"수지가 입원을요? 교통사고……. 그건 첨 듣는 이야기예요. 그 애한테 그다지 관심도 없었고요. 그나저나 혹시 차미라는 아이 알아요? 걔 몇 등급이나 나오나요? 예전에는 그다지……. 아, 어릴 때 우리 반희와 좀 가까이……. 아니에요. 그런 애가 우리 반희의 친구일 리 없죠. 그래서도 안 되고! ……그 애, 여전히 임대아파트 쪽에 사는 거로 아는데? 아! 그래요? 그럼, 민규는……. 아, 아니에요. 내가 따로 알아보죠. 그나저나 이번엔 영락없이 혜수가 1등이겠네요? 호호. 그리되면, 꼭 한턱내야 해요, 알았죠? 미리 축하드리고요."

엄마는 전화를 끊었다. 그리고 아주 길고 긴 한숨을 내쉬었다. 그러더니 아까처럼, "미친년들, 아주 신이 났지?" 하고는 소파에 등을 기댔다. 여전히 한 손에 전화기를 든 엄마의 손이 파르르 떨렸고, 가슴이 보통 때보다 더 크게 오르락내리락하는 게 보였다. 지친 건지, 잠시 후에는 머리까지 뒤로 젖히고 소파에 축 늘어졌다. 그런 엄마의 머리 너머로 벽시계가 보였다. 어느새 2시 45분이었다.

반희는 가만히 앉아서 엄마의 전화 목소리를 두서없이 되새겼다. 좀 놀라운 건, '혜수가 1등 하면'이란 말이었다. 조금 전의 꿈이 다시 떠올랐다. 1등을 했다며 비웃던 혜수의 얼굴이 머릿속에 생생했다. 모질게 뺨을 갈길 때 어금니를 꽉 깨물던 그 순간까지. 물론 반희가 먼저 시작한 일이긴 했지만.

평소에 보던 혜수가 아니었다. 그래서 더 당황했는지도 몰랐다. 항상 조용하고 숫기가 없어서, 있는지 없는지도 모르던 아이였는데.

그런데 수지의 이름은 또 왜 나왔을까? 그 이름은 민규와 차미의 등장만큼 낯설고 엉뚱했다. 따지고 보면 혜수보다 더 존재감이 없는 아이였다. 그나마 혜수는 공부라도 잘하는 편이어서 이따금 아이들 사이에 이름이 오르내리곤 했지만, 수지는 그럴 만한 아이도 아니었다. 작년 말에 전학을 왔고, 몇 달 동안은 10등 안에 한 번도 이름을 올린 적이 없었다. 그냥 수많은 아이 중 하나일 뿐이었다.

그런데 수지가 왜? 교통사고는 또 뭐지?

아니, 반희에게는 교통사고 같은 건 관심 밖이었다. 다만 그 이름이 하필 오늘 같은 날, 엄마의 입을 통해서 나왔다는 것이 역겨울 뿐이었다. 참으로 모를 일이었다. 반희는 고개를 저었다. 방으로 돌아가야겠다는 생각도 잊은 채 그 자리에 가만히 앉아 있었다.

도대체 어제 무슨 일이 있었기에 이런 악몽을 꾸는 것일까? 아니, 그 전날에는?

정확하지는 않지만 한두 달 정도의 기억이 사라진 것 같았다.

하긴 꿈이니까! 꿈에서 모든 것이 다 기억날 리 없잖아.

그런데 도대체 왜 꿈에서 깨지 않는 걸까? 설마 꿈이 아닌 건 아니겠…….

생각의 흐름을 따라가다가 반희는 세차게 머리를 저었다. 그럴 리가 없어, 라고 자신에게 소리쳤다.

그래. 지난 일주일, 아니 한두 달 사이에 무슨 일인가 있었어. 그렇지 않고서야 이렇게 말도 안 되는 꿈을 꾸고 있을 리가 없지. 후유! 꿈에서 깨어나면 다 기억이 나려나?

골치가 아픈 탓에 반희는 잠시 눈을 감았다. 그런데 감았던 눈을 다시 뜨는 순간, 반희는 소파 앞 테이블 모서리에서 무언가 낯익은 것을 발견했다. 다름 아닌 자신의 휴대폰이었다. 그것은 테이블 끝으로 5분의 1쯤 밀려 나와 있었다.

아……!

문득 반희의 머릿속에 한 생각이 스쳐 지나갔다. 전화기를 확인하면 무언가 있을 것 같았다. 이를테면, 누구랑 통화를 했는지, SNS에서는 어떤 아이들과 무슨 내용의 대화를 주고받았는지……. 반희는 얼결에 두어 걸음 내디뎠다. 갑자기 가슴이 두근댔다.

하지만 저걸 어떻게 꺼내지?

고개를 갸웃거리면서 일단 조금 더 다가갔다. 그리고 앞다리를 들어 테이블 위쪽으로 뻗고 뒷다리를 곧추세웠다. 그래도 휴대 전화기에 앞발에 닿지 않았다. 깡충깡충 뛰어 보았지만, 어림도 없었다. 바로 그때였다. 현관문 쪽에서 번호 키의 버튼을 누르는 소리가 들렸다. 반희는 반사적으로 재빨리 거실 소파 밑으로 내려왔다. 그리고 안으로 들어가 가만히 웅크리고 앉았다. 잠시 후, 띠리릭 하는 소리와 함께 아빠의 목소리가 조용하던 거실을 뒤흔들었다.

"뭐라고? 어디로 간 흔적도 없다는 거야? 땅으로 꺼졌어, 아니면 하늘로 솟았어? 그리고 돈은 뭐야? 설마 납치라도 된 거야?"

아빠의 목소리는 쩌렁쩌렁 울렸고, 잔뜩 화가 난 듯했다. 곧 아빠의 다리가 보이는 듯하더니, 소파 가까이 다가왔다.

그런데 방금 아빠가 뭐랬지? 돈이라니? 납치? 하, 무슨 전개가 이렇게 막장이지?

반희는 고개를 갸웃거렸다. 그러다가 문득 한 가지 생각이 머리를 스쳤다.

아, 엄마가 이미 내 폰을 털었구나! 게다가 그걸 아빠한테는 언제 알린 거지?

하지만 이상한 건 그것만이 아니었다. 아빠 말고 다리가 하나 더 보였다. 낯선 옷과 양말이었다. 킁킁거려 보니, 땀에 전 발 냄새가 났다. 반희는 소파 밑에서 숨을 죽이고 가만히 귀를 기울였다. 아빠와 엄마의 말소리가 빠르게 오갔다.

"말 좀 해 봐. 돈이라니? 유괴라도 된 거야?"

"그게 아니고, 이것 좀 보세요. 반희의 휴대 전화 메시지를 쭉 읽어 봤는데, 민규라는 아이와 차미라는 아이가 우리 반희한테 돈을 요구하는 것 같아요."

"뭐라고? 어디 봐!"

역시! 예상했던 대로였다. 엄마가 휴대폰을 낱낱이 살펴본 게 틀림없었다. 메시지를 읽느라 그런 건지, 아빠는 거칠게 숨을 몰아쉬며 입을 닫았다. 잠시 후, 엄마에게 물었다.

"얘들이 누군데?"

"같은 학교 아이들인가 봐요."

"혹시 반희가 왕따 당하는 거 아니야?"

"왕따요?"

"그래. 나쁜 애들이 돈 가져오라고 하니까, 어쩔 줄 몰라 하다가 사라진 거지. 하긴 나한테 걸려 봤자, 얻어터지기나 했겠지. 아무튼 그런 애들 많아."

"그럼……?"

"맞다니까! 틀림없어!"

"세상에!"

엄마가 발을 동동 굴렀다. 하지만 당혹스럽기는 반희도 마찬가지였다. 어이가 없었다. 왕따에 협박까지? 아무리 넘겨짚는 이야기라도 아빠가 너무 나갔다는 생각이 들었다.

내가 그런 7등급짜리 찌질이들한테 왕따를 당하고 돈을 뺏긴다? 아니! 절대 그런 일은 있을 수 없어. 왜냐고? 일진 쪼가리 놈은 몇 달 전만 해도 내게 돈을 받고 심부름해 주던 놈이거든. 맞아. 자치 임원이었던 찬호가 석 달 전쯤, 별것도 아닌 일로 민규와 시비가 붙어 실컷 두들겨 맞은 것도 내가 시켜서 한 일이었어. 내가 찬호 때문에 벌점을 3점이나 받았거든. 비록 10만 원이나 깨졌지만. 그리고 김은하도 그랬어. ······그년은 그냥 싫었어. 너무 어이가 없었던 건, 화장실 표시 그림에 왜 여자만 치마를 입었냐는 거야. 그리고 뭐라더라? 데이트할 때는 무조건 남자가 여자를 데려다줘야 한다나? 물론 나한테 한 소리는 아니었는데, 그냥 그게 싫었어. 아, 씨발. 그년 손봐 달라고 할 때도 5만 원이나 줬지. 어쨌든 일진 새끼들이란 다 그렇다고. 그런데 뭐? 민규가 나를? 나, 참! 어이가 없네. 야! 난 톱 클래스야. 성적으로나 아버지 직업으로나! 어쩌다 교육제도가 이 모양이라 내가 너랑 같은 학교에 다니지만, 너 같은 놈들은 어른이 돼서도 내 발가락 사이의 때만도 못해. 내 얼굴 보는 걸 영광으로 알라고, 이 새끼야!

반희는 혼자 아무렇게나 지껄여 댔다. 그래 봤자, 주둥이나 움씰거리는 게 전부였지만. 하지만 곧 꿈에서 깨고, 그래서 다시 학교에 가면, 놈을 손봐 주리라는 다짐을 잊지 않았다.

"하, 이것 참! 그렇다고 해도 시험 날 도망을 가? 한심한 놈!"

아니라고요! 그렇게 아무 말이나 던지지 마시라고요!

반희는 그렇게 소리를 치며 소파 바깥으로 뛰어나갈 뻔했다. 그런데 그보다 한발 앞서 낯선 남자의 목소리가 끼어들었다.

"제가 좀 살펴봐도 되겠습니까?"

"아, 참! 여보, 인사해. 보좌관이야."

잊고 있었다는 듯 아빠가 말했다.

"네? 시의원도 보좌관이 있어요?"

"거참, 그냥 그러려니 해. 복잡한 문제 해결하는 데는 전문가니까. 사람도 잘 찾고……."

엄마는 더 이상 따져 묻지 않았다. 그 뒤로 한동안 부스럭거리는 소리와 아빠의 헛기침 소리, 엄마의 낮은 한숨 소리만 이어졌다. 그사이에 몇 번 낯선 남자의 헛기침 소리가 섞였다. 조금 더 시간이 지나자 반희의 전화기가 엄마에게로 건네졌다. 기다렸다는 듯 엄마가 입을 열었다.

"그리고 이상한 게 한 가지 더 있어요."

"뭔데?"

"여기……. 이거 좀 보세요. 그 민규라는 애가 우리 반희한테 보낸 동영상이에요."

그 말이 끝나자마자 소음이 들렸다.

"……안 돼! 이러지 마. 뭐 하는 거야?"

"안 되긴, 무슨. 사진만 찍자는데, 왜 이래? 뭐, 가슴도 껌딱지만 하고……. 야야, 됐어, 됐어."

앞의 소리는 여자아이 것이었고, 뒤쪽은 남자아이 것이었다. 물론 목소리는 낯설었다. 누구의 것인지 확인을 할 수가 없었다. 그래서 귀를 더 바짝 세웠다. 다시 아빠가 나섰다.

"지금 이거 뭐야? 이거 무슨 야동 같은 거 아니야? 남자애들 셋이서 여자애 하나를 희롱하고 있잖아."

"그런 거 같기도 하고……."

"이거 보낸 놈이 누구랬지? 발신자 말이야. 민규라는 놈이랬나? 이 새끼가 불량한 놈이네. 반희 이 새끼는 언제 이런 쓰레기 같은 놈들이랑 사귄 거야?"

아빠가 다시 말끝을 높였다.

"그것보다 이런 동영상이 왜 반희의 휴대폰에 있는 거냐고요?"

"그러게……."

"네?"

"가만! 이 새끼 하라는 공부는 안 하고 야동이나 이런 거 숨겨 두고 보는 거 아니야? 컴퓨터! 컴퓨터도 뒤져 봤어?"

아빠는 벌떡 일어났다. 당장에라도 방으로 달려갈 기세였다.

"틀림없어. 어디서 돼먹지 못한 놈들이랑 어울려 다니더니 그런 거나 돌려 가며 본 거겠지. 차민지 뭔지, 얘랑 그렇고 그런 사이 아니야? 당신이 확인해 봤어?"

어이가 없다 못해 기가 막혔다. 새삼스러운 건 아니지만, 아빠가 내 인생을 대신 쓰고 있구나, 하는 생각이 들어서였다.

하긴 아빠가 안 그러면, 오히려 그게 더 이상하지. 내가 언제 내 인생을 스스로 써 내려간 적이 있어야지.

얼결에 고개를 끄덕이고 말았다. 언제나 아빠는 자신의 생각을 가장 옳다고 믿었고, 집안에 생기는 모든 일의 결정은 아빠가 했다. 물론 생물학 같은 걸 공부하고 싶다고 고민하던 반희의 의견을 단번에 무시하고, 판사나 검사가 되어야 한다며, 장래 희망을 그것으로 정한 것도 아빠였다.

그런데 좀 우습지 않은가? 아빠가 차미를 모르지 않을 거였다. 초등학교 3~4학년 때쯤이었나? 반지를 잘 돌본다면서 칭찬까지 해 주지 않았던가? 아니, 엄마도 차미를 기억할 텐데, 왜 한사코 모른 체하는 걸까?

"왜 대답을 안 해?"

엄마가 별다른 반응이 없자, 아빠가 재촉했다.

"이미 다 살펴봤어요. 그런 거 없었어요. 깨끗해요. 반희가 그 정도까지 앞가림을 못 하는 아이는 아니에요. 내가 하고 싶은 말은 그게 아니라……."

시차를 두고 엄마가 말했다. 말끝을 흐렸다.

"뭔데? 뜸 들이지 말고 말해 봐."

"그 동영상 말이에요. 여자아이가 반희가 다니는 학교 교복을 입고 있어요."

엄마 아빠가 이런저런 이야기를 나누는 동안, 동영상은 몇 번이나 더 재생되었다. 소리밖에 들리지 않았지만, 상황이 얼추 그려지긴 했다. 그래서 더더욱 고개를 갸웃거릴 수밖에 없었다.

저런 동영상을 민규가 보냈다고? 그걸 내가 저장해 놨고? 왜지?

알 수 없는 일이었다. 이상한 메시지나 동영상은 즉시 보고 지웠던 기억은 났다. 그래야 했다. 엄마와 아빠는 절대 컴퓨터와 휴대 전화기에 비밀번호를 걸지 못하게 했다. 특히 아빠는 비밀번호를 걸면 휴대 전화기를 뺏는다고 엄포를 놓기도 했다. 비밀번호 이야기를 꺼내기만 하면, 아빠는 또 앞서 의심부터 했다. 그걸로 이상한 메시지나 주고받고 쓸데없이 채팅이나 할 거라고. 그래서 분실 때문이라고 우겨 댔다. 그제야 아빠는 비밀번호를 걸게 했는데, 지문 인식 프로그램에 엄마 아빠의 지문까지 등록해야 했다. 그즈음, 낯선 남자가 일어났다.

"상황은 대충 짐작이 갑니다. 저희가 최대한 빨리 손을 써 보겠습니다."

"그래. 부탁하네. 단 아무도 모르게! 절대 아무도 알아서는 안 돼. 괜히 이 사실이 알려져서 모 시의원 아들이 가출을 했다거나, 하는 소문이라도 나면 다 끝장이니까!"

"네. 무슨 말인지 알고 있습니다, 의원님."

"나 내년 총선 준비하는 거 알지? 공천 문제도 걸려 있단 뜻이야. 빈틈없이 해야 해. 자네만 믿어."

"그럼요. 깔끔하게 처리하겠습니다."

다짐하듯 대답한 낯선 남자는 한 발자국 옆으로 옮겨 섰다. 이번에는 엄마가 나섰다.

"제발요. 여기저기 알려졌다가는 저 얼굴 들고 바깥에 못 나다녀요. 반지 때문에도 정말 힘들었는데……."

"거기서 반지 이야기가 왜 나와?"

엄마가 끼어들자 아빠가 빽 소리를 질렀다. 그 말을 듣는 순간, 반희는 무언가 뜨거운 것이 목구멍으로 넘어가는 듯한 착각이 들었다.

"염려 마십시오. 믿으셔도 됩니다."

그 말을 끝으로 남자의 발은 곧 거실 너머로 사라졌다. 이어 현관문이 열렸다가 닫히는 소리가 들리고, 잠깐 사방이 조용해졌다. 하지만 오래지 않아 다시 아빠의 목소리가 거칠게 터져 나왔다.

"이 새끼, 집에 들어오기만 해 봐. 어디서 가출이야? 이번에야말로 발모가지를 부러뜨릴 테니까 두고 보라고!"

그 말에 엄마는 대꾸하지 않았다. 낮은 숨소리만 들렸다. 그게 답답했던지 아빠가 엄마를 향해 소리를 지르듯 말했다.

"당신은 도대체 애를 어떻게 관리한 거야?"

그래도 엄마는 곧바로 대꾸하지 않았다. 조금 더 시간이 지난 뒤에 혼잣말처럼 중얼댔다.

"그나마 반희가 1등 할 때는 고개 들고 다닐 만했는데……."

"지금 그게 문제야? 이 새끼 무슨 사고라도 치면……. 그때는 내 얼굴에 똥칠하는 거라고. 무슨 말인지 알아?"

"사고요? 무슨 사고요? 공부는 어떻게 하고요?"

"그걸 내가 어떻게 알아? 어디 가서 나쁜 놈들하고 어울리기라도 하면 그땐 다 끝장나는 거야."

"그럼, 다시 1등 하기는 틀린 거예요?"

"그러길래 내가 뭐랬어? 처음 1등을 뺏겼을 때, 조져 놔야 한다고 했잖아? 그때 당신이 뭐랬냐고? 믿어 보자고? 내가 당신 착한 엄마 코스프레할 때부터 알아봤어."

아빠가 엄마를 몰아붙였다. 엄마는 아무 말도 하지 않았다. 정말 잘못했다고 생각하는 것일까? 엄마가 아니었으면 그때 맞아 죽었을지 모른다고, 반희는 그렇게 생각하고 있었는데.

그때, 반희는 정말 아빠가 자신을 죽일지도 모른다고 생각했다. 그게 불과 몇 달 전이어서 아직도 기억이 생생했다. 어이없게도 영어 문제에서 사소한 실수를 하는 바람에 두 문제를 틀렸는데, 그게 원인이라면 원인이었다. 총점 6점 차이로 2등으로 밀려났는데, 아빠는 그 사실을 알고 다짜고짜 때리기 시작했다. 가끔 30분씩 늦게 일어나는 걸 보고 알아봤다면서, 휴대폰만 만지작거린 것 아니냐며, 똥 싸고 오줌 쌀 때조차 단어 하나 더 외라고 한 말을 흘려들었다고도 했다. 정신 상태가 썩어 빠졌다는 둥, 게으른 놈은 나중에 빌어먹기 딱 좋다는 둥, 세상은 2등을 기억하지 않는다는 둥……. 아재 같고, 꼰대 같은 말을 늘어놓으며 아빠는 싸대기와 발차기를 그치지 않았다. 반희가 피하면 피하는 대로 두들겼고, 도망가면 따라와 팼고, 넘어지면 밟았다.

그때 엄마가 달려들어, 이러다 애 잡겠어요! 했다. 한 번 실수한 걸 가지고 뭘 그러냐고. 그러면서 엄마는, 반희야, 다음에는 꼭 1등 하겠다고 말씀드려!라고 소리쳤다. 얼결에 반희는 그러겠다고 말했다. 그래도 아빠는 멈추지 않았다. 무슨 소리야? 나도 어릴 때 맞으면서 공부했어. 한 번 실수가 습관이 된단 말이야. 따끔하게 혼내야 정신을 바싹 차릴 거 아니야? 그냥 두면 느슨해져서 안 된다고! 아빠는 그런 소리를 늘어놓으며 씩씩댔다. 그러자 엄마가 말했다. 그때랑 지금이랑 달라요. 아빠는, 다르긴 뭘 달라? 1등만 대접받는 건 지금이나 그때나 다 똑같은 거야. 세상은 안 바뀌어! 하더니 못 이기는 체하며, 만약 다음에 1등 못하면 그때는 당신이 책임지는 거야, 알았어? 하며 다짐을 받았다. 엄마는 그러겠노라고 대답했고, 그제야 아빠는 물러났다.

생각이 선명하게 떠오르자 반희는 다시 몸을 떨었다. 자신도 모르게 배를 깔고 앉은 채로 소파 안으로 더 들어갔다. 그리고 한참 동안 눈만 껌뻑거렸다. 반희는 고개를 갸웃거렸다.

그런데 그때, 누가 1등을 했지? 혜수? 정말 꿈에서 보았던 대로 혜수였나? 아닌 것 같은데?

기억이 나지 않았다. 갑작스럽고 엉뚱했지만, 반희는 그게 누구인지를 기억해 내려고 무던히도 애를 썼다. 하지만 끝끝내 기억나지 않았다. 그다음 시험에서 1등한 게 누구인지, 또 그다음 시험에서 1등한 건 누구인지. 다만, 처음 1등을 빼앗기고 난 뒤에는 3등으로 밀려났고, 그다음엔 5등까지 떨어졌던 사실만 또렷하게 기억났다.

다시 한번, 지랄 맞은 꿈이란 생각이 들었다. 어떤 건 기억나고, 어떤 것은 아예 캄캄하고. 반희는 버릇처럼 한숨을 내쉬었고 고개를 저었다. 아빠가 몸을 일으킨 건 그즈음이었다.

"휴! 진짜 이 새끼 들어오기만 해 봐. 그냥 다리를 분질러 버릴 테니까."

그 말 때문에 반희는 얼결에 다리를 오므렸다. 아까부터 벌써 몇 번이나 다리가 부러졌는지……. 당장에라도 아빠가 소파를 밀치고 달려 들어와 두 다리를 꺾어 버리는 생각까지 들었다. 그러나 다행히 아빠는 저편으로 멀어져 갔다. 목소리만 들렸다.

"서재에 있을 테니, 커피나 한잔 타 와."

그러나 엄마는 한참 동안 일어나지 않았다. 서재 방문이 닫히는 소리가 들린 후에도. 엄마가 겨우 몸을 일으킨 건 그로부터 한참 시간이 흐른 다음이었다. 엄마는 일어나 주방

쪽으로 갔고, 잠시 후에 커피포트의 물 끓는 소리가 들렸다.
달그락거리는 소리가 나는 듯하더니 오래 지나지 않아 엄마
가 아빠의 서재로 들어갔다.

사방은 곧 고요해졌다.

얼마나 시간이 흘렀을까? 다시 울리기 시작한 휴대 전화 진동음 때문에 거실의 고요가 깨졌다. 소파에서 조금 앞으로 기어 나와 반대편 소파 너머를 보니, 뻐꾸기시계가 4시 45분을 가리키고 있었다. 반희는 눈을 반짝였다. 소파에서 완전히 빠져나와 사방을 두리번거렸다.

그때, 한 번 더 전화기의 진동음이 들렸다. 테이블 위에서 울리는 소리였다. 반희는 재빨리 테이블 옆의 분재 화분을 밟고 위로 올라섰다. 과연 반희의 폰에서 나는 소리였다. 반희는 얼른 다가가 혓바닥으로 휴대 전화기를 켜고 SNS 창을 열었다. 차미가 보내온 메시지였다.

너 아프다는 거 뻥이지? 이런 식으로 피해 보겠단 거야? 치졸하고

비열한 새끼! 진짜 나쁜 새끼!

너희 집으로 갈 테니까, 기다려! 네 엄마 아빠한테 다 까발릴 테니까. 나쁜 새끼! 지옥까지 쫓아가서 네 놈 목을 조를 거야.

메시지를 읽고 나서 반희는 기가 막혔다. 역시 알 수 없는 내용들이었다.

아, 씨발. 이거 뭐냐고, 진짜?

답답해서 죽을 지경이었다. 생각 같아서는 곧바로 전화 발신 버튼을 누르고 싶었다. 그래서 앞발을 움찔 움직이다가 그만두었다. 그래 봤자, 주둥이만 여짓거릴 게 뻔했으므로. 결국 그냥 발만 동동 구르고 입속으로 욕이나 실컷 해대는 수밖에는 별도리가 없었다. 반희는 테이블 위에 멍하니 앉아 있었다. 머릿속으로는 별의별 생각이 다 스쳐 지나갔다.

내가 뭘 피한다는 것이고, 차미는 뭘 까발리겠다는 걸까? 하! 저게 어렸을 때 좀 놀아 줬다고, 나를 동급으로 취급하는 거야? 참 나, 어이 개상실이네?

그때, 휴대 전화기가 다시 한번 부르르 몸을 떨었다.

왜? 내가 못 할 거 같아? 수지가 안 하면 나라도 할 거라고 이 새끼야.

반희는 한참 쏘아보듯이 문자를 내려다보았다.

뭘 할 건데? 응? 뭘 할 거냐고? 수지, 뭐? 그 듣보잡이 왜? 씨이……!

얼결에 양다리를 앞으로 들었다 곧 내렸다. 뻘짓 같다는 생각 때문이었다. 그러고 있는 자신이 우습기도 했다. 그때 문득 한 가지 생각이 스쳐 지나갔다. 반희는 혀로 메신저 창을 눌렀다. 그리고 아래쪽의 문자판을 하나씩 눌렀다.

너 도대체 왜 이러는 거야?

머릿속으로 그 말을 반복했다. 그러면서 혀를 움직였다. 하지만 쉽지 않았다. 혀가 흐물거려서 원하는 자음과 모음을 치기가 쉽지 않았다. 엉뚱한 자음에 혀가 가는 건 기본이고, 옆의 자음이 동시에 눌러지기도 했다. 그 탓에 '너'라는 한 글자를 치는데 몇 번이나 지우고 다시 쳐야 했다. 혀 앞부분을 말아서 뾰족하게 해 보려 했지만, 그것도 원하는 대로 되지 않았다.

너 ㄷ도ㅎ 댓체

거기까지 가까스로 쓴 다음, 반희는 지울까 고민했다. 하지만 곧 이어서 또 문자판을 눌렀다. 어느새 휴대폰 화면에 침이 흥건했다. 반희는 앞발을 굽혀 털로 침을 닦은 다음, 다시 마저 써 내려갔다.

너 ㄷ도ㅎ 댓체 머라느 거ㅋ야?

고작 한 문장을 썼을 뿐인데도 혓바닥에 쥐가 날 지경이었다. 오타를 어찌할까, 다시 한번 고민했지만, 그냥 보냈다.

후유!

이게 뭐 하는 짓인가 싶어서 자신도 모르게 한숨이 나왔다. 반희는 전화기 바로 앞에 앉아서 연신 혓바닥을 날름거렸다. 그리고 답신이 오기를 기다렸다.

설마, 오타 좀 있다고 못 알아들은 건 아니겠지?

그런데 꽤 시간이 지난 뒤에도 답신은 오지 않았다. 혹시나 해서 홈 버튼을 눌러 보기도 했지만, 메시지가 도착했다는 표시는 없었다. 시간이 조금 더 흘러갔는데도 달라진 건 없었다. 하는 수 없이 반희는 다시 휴대 전화기를 켜고 메시지 창을 열었다. 또 혓바닥을 움직였다.

나한테 왜 그래?

머릿속으로 그 문장을 떠올리며 다시 문자판에 혀를 댔다. 그런데 바로 그 순간이었다. 갑자기 전화기가 부르르 떨렸다. 반희는 깜짝 놀라 뒤로 물러났다. 그리고 다시 들여다보았다. 문자가 아니었다. 전화였다. 소리가 생각보다 아주 요란했다. 거실에 아무도 없고, 사방이 조용해서 더 그렇게 들리는 모양이었다. 물론 테이블이 유리로 된 거라 더 그런지도 몰랐다. 당황스러웠다. 반희는 한쪽 옆에 놓인 신문 위로 휴대폰을 밀었다. 처음에는 신문지째 밀리다가 얼결에 전화기가 신문 위로 올라갔다. 동시에 소리가 조금이나마 잦아들었다.

그제야 다시 휴대폰을 살폈다. 화면에는 차미의 이름이 떠 있었다. 그 이름을 확인하는 순간 가슴이 뛰었다. 왜인지는 알 수 없었다. 반희는 자신도 모르게 앞발을 홈 버튼 위에 올려놓았다. 하지만 그 순간, 또 다른 자신이 소리를 쳤다.

안 돼! 응답할 수도 없는데?

반희는 전화기와 서재 쪽을 번갈아 가며 보았다. 한참이 지난 뒤에야 전화기는 잠잠해졌다. 반희는 숨을 가다듬었다. 그리고 한걸음 다시 앞으로 내디뎠다. 하지만 바로 그 순간, 전화가 다시 걸려 왔다. 이번에도 흠칫 놀라 잠시 멍하니 바라보고만 있었다. 그러다가 반희는 숨을 멈추고 전화기 쪽으로 다가섰다. 침을 꿀꺽 삼켰다. 그런 다음, 천천히 앞발을 뻗었다. 발끝이 조금 떨렸다. 반희는 힘을 주어 홈 버튼을 눌렀다. 그러자마자 차미의 목소리가 들려왔다.

"야, 너 어디야? 아픈 거 뻥이지? 하, 이 나쁜 새끼, 정말! 야! 내가 말했지? 오늘까지라고. 오늘 아니면 다 까발린다고. 맞아. 너 죽고 나 죽는 거야. 근데 너랑 나랑 다른 게 뭔지 알아? 난 더 잃을 게 없다는 거야. 하지만 네가 한 짓이 밝혀지면, 넌 아주 많이 잃어야 할걸? 원래 이럴 땐 가진 놈들이 더 크게 피해를 보거든. 너도 그렇고, 네 아빠까지. 왜?
내가 못 할 거 같아? ……야! 이 새끼야. 왜 대답이 없어?
응? 그까짓 돈 몇 푼…….”

알 수 없는 이야기들과 욕설이 두서없이 쏟아져 나왔다.
그래서 반희는 뒤로 두어 걸음 물러났다. 그때까지도 차미
는 여전히 무어라고 지껄여 대고 있었다. 어느새 가슴이 심
하게 방망이질했다. 조금 더 시간이 흐른 뒤에야 전화는 끊
어졌다.

뭐지?

머릿속은 하얘졌고, 밑도 끝도 없는 물음만 남아 떠돌았
다. 반희는 잠시 그 자리에서 맴을 돌았다. 그러면서 가까스
로 정신을 가다듬었다. 전화기에서 흘러나온 단어 몇 개를
떠올려 보았다. 오늘까지, 너 죽고 나 죽는 거야, 네 아빠까
지, 그까짓 돈 몇 푼. 맥락이 없기는 아침에 받은 문자 메시
지와 크게 다를 게 없었다.

도대체…….

반희는 고개를 저었다. 그런데 그때, 전화가 다시 걸려 왔
다. 물론 이번에는 받지 않았고, 한 번 더 전화가 걸려 왔을
때도 부르르 떨고 있는 전화기만 빤히 보았다.

하아!

아주 빠르게 다양하고 복잡한 감정들이 솟아올랐다. 하지
만 무엇보다 기분이 더러웠다.

어찌해야 할까?

반희는 중얼거렸다. 바로 그때, 서재 쪽에서 딸깍 소리가 났다. 얼른 돌아보니, 문이 한 뼘만큼 열린 게 보였다. 엄마 손도 보였다. 문을 열고 나오려다 말고 아빠와 대화를 나누던 엄마는, 무슨 일인지 다시 안으로 들어갔다. 그 순간, 반희는 생각했다.

아무래도 안 되겠어.

마음이 급해졌다. 반희는 앞으로 다가가 전화기를 입으로 물었다. 일단 방으로 돌아가야겠다는 생각이 든 거였다. 엄마가 다시 나오기 전에 다시 메시지라도 보내려면, 그쪽이 마음 편할 듯싶었다. 반희는 찬찬히 테이블 옆 분재 화분으로 한 발을 내디뎠다. 바로 그 순간, 몸이 붕 떠올랐다. 귀가 위로 쭉 뻗어 올라갔다. 눈알을 굴려 보니 반지였다. 반지는 이를 드러내 보이며 웃었다. 그리고 말했다.

"토끼다, 토끼!"

반지는 반희를 더 높이 들어 제 얼굴 앞에 대고 히히 웃었다. 반희는 내려놓으라고 소리치고 싶었지만, 입에 전화기를 물고 있어서 어쩔 수가 없었다. 아니 무어라 소리친들 제대로 소리가 나올 리도 만무했다. 그냥 앞발 뒷발을 들어 발버둥 치기만 할 뿐이었다.

그나마 다행으로 반지가 반희를 땅바닥에 내려놓았다. 이때다 싶어 반희는 전화기를 문 채 재빨리 달려 한달음에 방으로 들어갔다. 그리고 얼른 책상 아래로 들어가 몸을 웅크렸다. 하지만 반지의 몸도 책상 아래로 불쑥 들어왔다. 아예 턱을 괸 채, 반지는 반희를 뚫어지게 쳐다보았다.

반지는 아까처럼 틈틈이 머리를 쓸어내리고 턱 밑과 뱃가죽을 간질였다. 반희는 그게 귀찮아서 뒤로 물러났다. 그러자 반지는 웬일인지 더 이상 괴롭히지 않고 계속 보기만 했다. 반희도 반지와 눈을 맞춘 채 한참을 멀뚱멀뚱 쳐다봤다. 반지는 눈만 껌벅일 뿐 가만히 있었다. 연신 미소를 지으며.

어찌해야 할까, 고민하다가 반희는 휴대 전화기를 바닥에 내려놓았다. 반지의 눈치를 보며 SNS 앱을 열었다. 그런 다음, 차미가 보낸 메시지 창을 열고 문자판을 핥기 시작했다.

아ㄹ 아듣거ㅔ 잉약ㄱ ㅣ

혓바닥이 이쪽으로 미끄러지고 저쪽으로 헛방을 짚었다. 집중해도 모자랄 판에 반지의 눈치를 보느라 더욱 제대로 자판을 누를 수가 없었다. 또 아까보다 더 힘이 들어가 그런지 혓바닥이 금세 뻣뻣해지는 것 같았다. 그 때문에 허공에다 날름거리는 일도 한두 번이 아니었다. 그래도 반희는 포기하지 않았다. 이제는 오기가 생겼다.

욕을 먹더라도 알고서 먹는 편이 더 낫지 않을까?

반희는 휴대폰 화면에 침을 잔뜩 묻히며 한 글자씩 찍어

나가다가, 또 털로 닦고, 다시 쓰고를 반복했다. 그러는 동안에도 반지는 히죽거리면서 반희를 보기만 했다.

아ㄹ 아듣거ㅔ 잉약ㄱ ㅣ 해 보ㅏ ㅁㅜ슨말이ㅇ ㅑ 지금 저나 ㅁ ㅗㅅ하뉘가 문짜 로 ㅎ

온갖 우여곡절 끝에 완성된 문장이 그거였다.

알아듣게 이야기해 봐. 무슨 말이야? 지금 전화 못 하니까 문자로 해.

머릿속에서는 그렇게 말하고 있었다. 물론 메신저에 쓰인 글자는 전혀 달라 보였지만. 그래도 반희는 전송을 누르고 기다렸다. 생각보다 반응이 빨랐다. 꼬인 느낌마저 드는 혀를 자꾸만 허공에 날름거리고 있는데, 휴대 전화 진동음이 울렸다. 바로 들여다보니, 차미로부터 답장이 와 있었다. 반희는 재빨리 메시지 창을 열었다.

미친 새끼

좀 허탈했다. 혀에 쥐가 나도록 써 넣은 글에 대한 대답치고는 너무나도 간결했다. 하긴 묻는다고 무어라 곧바로 대답해 주리라고 믿지는 않았지만.

반희는 입맛을 다셨다. 기운이 빠져서 또 어떻게 해야 할지 엄두가 나지 않았다. 하지만 방법은 하나뿐이었다. 반희는 다시 혀를 화면에 갖다 댔다. 그리고 조금 전처럼 혀를 빼내 또 휘갈기기 시작했다. 이번에는 혀뿌리가 아예 끊어지는 느낌까지 들었다.

말을 해 봐. 내가 뭘 잘못했는데?

그 생각에 집중하면서 겨우겨우 한 글자씩 완성해 갔다.

마를 해바 ㄴ ㅐ 가 뫌잘못해는 ㄷㅔㅋ?

겨우 문장을 완성해 놓고 보니, 또 해괴한 글씨들이었다. 하지만 별수 없이 전송을 눌렀다. 이번에는 금방 답신이 오지 않았다. 반희는 잠깐 기다렸다. 계속 휴대폰만 내려다보았다. 그러는 동안에도 반지는 여전히 턱을 괴고 엎드린 채 반희만 빤히 보고 있었다.

15분쯤 흘렀다. 그때까지도 답신은 오지 않았다. 그런데도 반희는 휴대 전화기에서 눈을 떼지 않았다. 앞발을 앞으로 뻗고 그 위에 턱을 걸친 채 화면만 내려다보았다. 코앞에선 반지가 여전히 생글생글 미소를 짓고 있었다. 조금씩 무료해졌다. 그러나 눈을 껌뻑이며 전화기를 빤히 바라보는 일 외에는 할 일이 없었다. 또 15분가량의 시간이 스윽 지나가 버렸다.

그러다가 어느 순간, 반희의 머릿속에 한 가지 생각이 떠올랐다. 반희는 얼른 전화기를 끌어당겨 홈 버튼을 눌렀다. 그리고 메시지 창을 열어 다운받은 동영상을 찾았다. 엄마와 아빠가 보던, 바로 그 동영상이었다. 반희는 허공에 혀를 한번 날름거리고 동영상을 재생했다. 처음에는 시커먼 그림자가 하나둘 왔다 갔다 했다. 그러더니 뿌옇게 흐려졌다가, 마침내 양손을 뒤로 짚고 넘어져 있는 여자아이의 모습이 나타났다. 반희는 한눈에 그 애가 누구인지 알 수 있었다. 수지였다.

수지는 스커트가 말려 올라가 허벅지가 허옇게 보였고, 속옷이 보일 듯 말 듯했다. 어깨 한쪽은 맨살이 드러나 있었다. 잔뜩 겁먹은 표정이었다. 자주색 가방이 지퍼가 열린 채 구석에 패대기쳐져 있었다.

뭐야, 이건?

갑자기 입속에 침이 말랐다.

"안 돼! 이러지 마. 뭐 하는 거야?"

"안 되긴, 무슨. 사진만 찍자는데, 왜 이래? 야야, 됐어, 됐어."

아까 소파 밑에서 들렸던 목소리였다. 아니, 그때는 들리지 않았던 목소리도 흘러나왔다.

"새꺄, 속살을 찍으라고. 가슴 쪽 말이야. 좀 더 가까이서."

그 목소리와 함께 카메라가 수지의 앞으로 더 가까이 다가갔다. 수지는 넘어진 채 뒷걸음질했고, 한 손을 내저었다.

잔뜩 겁먹은 표정이었다. 이미 뺨에는 눈물이 흐른 자국이 선명했다. 그에 상관없이 카메라는 수지의 한쪽 어깨 가까이 다다랐고, 그 탓에 젖가슴 언저리가 드러나 보였다.

"그만해!"

수지가 소리를 지르며 얼굴을 가렸다. 그리고 웃음소리와 함께 화면이 꺼졌다. 반희는 고개를 갸웃거렸다. 그리고 다시 동영상을 재생했다. 궁금한 게 있어서였다. 그 목소리, 속살을 찍으라던 목소리가 귀에 익었다. 그래서 반복해서 들었다. 반희는 마침내 그 목소리의 주인을 알아냈다. 다름 아닌 민규였다.

이 새끼가 왜 여기에 있지?

반희는 아침부터 있었던 일을 되짚어 봤다. 알 수 없는 메시지와 폭탄처럼 퍼붓던 차미의 목소리, 그리고 동영상. 그것들을 반복해서 떠올렸다. 그러나 어느 것 하나도 이해할 수 없었다. 무엇보다 그 애들이 문제였다. 민규, 차미, 수지. 그들의 조합도 이상했고, 고등학생이 된 뒤로는 그 누구와도 단 한 번도 깊이 말을 섞거나 진지한 이야기를 나누어 본 적이 없었다. 아까부터 든 생각이지만 성적으로 보나, 집안 수준으로 보나 도무지 함께 어울릴 만한 아이들이 아니었다. 엄마 말로는 '섞여서는 안 되는 아이들'이었다. 그런데 왜 갑자기 그 애들이 인생에 등장한 걸까?

꿈이라서? 하긴 꿈이라는 게 워낙 엉뚱해야지.

반희는 차라리 그렇게 생각하는 편이 낫다고 혼자 고개를 끄덕였다. 하지만 그렇게 마음만 먹었을 뿐, 머릿속에서는 여전히 그 아이들의 얼굴이 떠돌았고, 메시지와 차미의 말들이 뒤섞여 난장판이었다.

아, 씨발!

갑자기 부아가 치밀어 주둥이를 실룩거렸다. 그리고 얼결에 앞발로 휴대폰을 내리쳤다. 전화기가 반지 앞쪽으로 조금 밀려났다. 휴대 전화기가 제 앞으로 다가오자 반지는 씩 웃으면서 전화기를 다시 반희 앞쪽으로 놓아 주었다. 물론 여전히 미소를 지으면서. 반희는 얼결에 웃고 있는 반지를 마주 보았다.

늘 저랬어.

반희는 자신도 모르게 고개를 끄덕였다. 단 한 번도 반지는 반희에게 짜증 나는 얼굴을 하거나, 화를 낸 적이 없었다. 반희를 보고는 늘 웃었다. 반희가 반지를 밀어내고 신경질을 내고, 방에서 쫓아낼 때도 반지는 그 웃음을 잃지 않았다.

에이, 저 머저리! 반푼이!

대놓고 놀려도, 반지는 언제나 히죽거리기만 했다. 맛있는 게 생겨도 먼저 반희에게 주었고, 학교 갔다 돌아오면 제일 먼저 반희를 반기는 것도 반지였다. 지금처럼 씩 웃으면서.

왜 그랬어? 내가 그렇게 미워하고 함부로 대했는데…….

반희는 얼결에 주억거렸다. 그러곤 알아들을 리도 없는데 얼굴이 화끈 달아올랐다. 반희는 공연히 민망해져서 고개를 다른 데로 돌렸다. 물론 그래도 반지는 턱을 괸 채 반희를 빤히 보고만 있었다.

전화기가 진동하기 시작했다. 얼른 내려다보니, 문자가 아니라 음성 통화였다. 차미, 라는 이름이 화면에 나타났다. 반희는 얼결에 일어나 반사적으로 앞발을 뻗었다. 홈 버튼 위에 발을 올려놓긴 했지만, 선뜻 누르지는 못했다. 반희는 휴대 전화기를 앞에 두고 제자리에서 맴돌기만 했다. 통화 버튼을 누르자니, 아까처럼 욕설을 내뱉으며 몰아붙일 것 같아서였다.

야, 씨! 메시지로 하라고 했잖아. 내가 지금 전화를 못 받는단 말야.

반희는 짜증이 나서 전화기를 툭 건드렸다. 그런데 아뿔싸! 그 찰나에 홈 버튼이 눌리고 말았다. 반희는 제풀에 놀라 우뚝 멈추었다. 그리고 가만히 전화기에 귀를 기울였다. 하지만 이번에는 아무런 소리도 들리지 않았다. 귀를 더 가까이 대자, 옅은 숨소리만 이따금 들렸다. 조금 더 시간이 지났을 때, 긴 한숨 소리가 들려 나왔다. 그리고 딱 한 마디.

"……넌 역시 별수 없는 놈이구나! 그래. 어떻게든 대가를 치르게 해 줄게. 기다려!"

그러더니 전화는 끊어졌다. 느닷없이 뺨을 한 대 얻어맞은 기분이었다. 멍하니 전화기만 내려다보았다. 그런데 그때였다. 반지가 벌떡 일어나 앉았다. 무슨 일일까 싶어서 반희는 옆을 돌아보았다. 어느새 방으로 들어온 엄마가 반지 옆에 무릎을 굽힌 채 이쪽을 들여다보고 있었다. 반희는 놀라 자신도 모르게 몸을 움츠렸다.

"쉿! 토끼가 전화를 하고 있어."

반지가 엄마를 쳐다보면서, 손으로는 반희를 가리켰다. 그것도 아주 천진난만한 표정으로. 반희는 어쩔 줄 모르고 코만 킁킁거렸다. 엄마의 표정은 그 어느 때보다 딱딱하게 굳어 있었다. 미간을 잔뜩 좁힌 채 반희를 날카롭게 쏘아보았다. 그러더니 손을 뻗어 반희 앞에 있던 전화기를 집어 들었다. 이어 반지가 손을 뻗어 반희의 목덜미를 붙잡아 책상 아래서 끄집어냈다. 반지는 반희를 침대 위에 올려놓았다. 그러더니 책상다리를 하고 앉아 반희를 내려다보았다.

"전화 다 했어? 기다리랬어. 여기서 기다리면 돼."

반지가 뭐라고 하는지는 귀에 들어오지 않았다. 반희는

엄마를 쳐다보았다. 엄마는 반희를 잠깐 내려다본 다음, 전화기를 만지작거렸다. 그러면서 더 얼굴을 일그러뜨렸다. 엄마는 틀림없이 반희와 차미가 주고받은 메시지를 확인하는 것 같았다. 엄마는 입술을 깨물기도 하고, 잠깐씩 고개를 돌려 반희를 뚫어지게 쏘아보기도 했다. 눈에 잔뜩 힘을 주더니, 마침내 아랫입술을 꾹 깨물었다. 반희는 어찌할 바를 모르고 엄마의 얼굴만 바라보았다. 엄마는 반희 쪽으로 다가오다가 서너 걸음을 앞두고 멈춰 서서 옆에 있던 반지에게 물었다.

"반지, 너 반희 휴대폰에 손댔어?"

반지는 엄마를 빤히 올려다보더니 고개를 저었다.

"정말 손 안 댔어?"

"응. 난 아무것도 안 했어. 토끼가 했어. 토끼가 전화 걸었어. 난 아니야. 쉿!"

반지가 제 손을 입술에 댔다. 그것을 보고 엄마는 침을 꿀꺽 삼켰다. 이번에는 다시 반희를 쏘아보았다.

"너……."

엄마의 목소리가 떨렸다. 덩달아 반희의 가슴도 뛰기 시작했다. 그러나 엄마는 그 한마디를 꺼내 놓은 뒤, 더 이상 말을 잇지 못했다. 숨쉬기가 어려운 듯 세 번이나 반복해서 심호흡을 했다. 휴대폰을 들고 있는 손을 부르르 떨고 있었다.

"……."

무어라고 말을 하고 싶었다. 그러나 할 수 있는 거라고는 침을 삼키고 주둥이를 꼼지락거리는 일뿐이었다. 반희는 거칠게 뛰는 자신의 숨소리만 가만히 듣고 있었다. 엄마는 조금 더 가까이 다가왔다. 이어 길고 가느다란 손가락이 목전으로 뻗쳐 왔다. 반희는 잠시 숨을 멈추었다.

바로 그때였다. 전화기의 진동음이 울렸다. 엄마는 놀란 듯 몸을 떨었다. 그리고 손에 쥐고 있던 전화기를 빤히 내려다보았다. 꼭 그 진동 때문은 아니겠지만, 엄마의 손은 조금 전보다 훨씬 심하게 흔들렸다. 여차하면 전화기를 놓칠지 모른다는 생각이 들 정도였다. 곧 전화기의 진동이 멈추었다.

혹시 차미일까?

엄마는 오랫동안 전화기에서 시선을 떼지 않았다. 얼핏 보면 무덤덤하게 보고 있는 듯했지만, 입술을 굳게 다문 채 눈을 부릅뜨고 있었다. 이제는 손만 아니라 어깨와 눈빛까지 미세하게 떨리고 있었다. 그런 채로 엄마는 반희를 노려보았다.

왜, 왜요?

반희는 얼결에 그렇게 말했다. 소리는 나오지 않고 입술만 움찔거렸다. 그런데 그 말을 혹시 알아듣기라도 한 걸까? 엄마가 아까처럼 입을 열었다.

"네, 네가……?"

엄마는 다시 한걸음 다가오다 멈추었다. 다시 전화기가

울렸기 때문이다. 연이어 세 번, 다시 네 번. 엄마는 반희를 힐끔 쳐다보더니 전화기를 내려다보았다. 그런 다음 다시 손으로 전화기를 만지작거렸다. 통화연결 버튼을 누른 듯했다. 반희는 침을 꿀꺽 삼켰다. 심장이 요동쳤다. 그러다가 폭발할지도 모른다는 생각이 들 만큼 빠르게 거칠게 뛰었다.

"여, 여보세요!"

엄마의 목소리는 심하게 떨렸다. 선뜻 더 말을 잇지 못하고, 엄마는 반희 쪽을 살폈다. 그러나 곧바로, 띠링, 소리가 들려왔다. 저편에서 전화를 끊은 듯했다. 엄마는 전화가 끊어지자 인상을 잔뜩 찌푸렸다. 그리고 또 한참 전화기만 뚫어지게 내려다보았다. 이어 엄마는 여러 번 길고 긴 숨을 내쉬고 들이쉬고를 반복했다. 그런 채로 또 시간이 지나갔다. 엄마의 등 뒤로 보이는 디지털시계가 5시 15분을 가리키고 있었다.

그런데 엄마는 어쩌려는 걸까?

잠시 머뭇거리던 엄마는 버튼 하나를 누르는 듯했다. 혹시나 했던 반희는 잠시 후 들려오는 전화기 속의 발신음에 깜짝 놀랐다. 걸 그룹의 최신 노래였다. 어쩌면 차미 혹은 민규에게 전화를 걸고 있을지도 모른단 생각이 들었다.

뭐 하시는 거예요? 어쩌시려고요?

반희는 얼결에 엄마 쪽으로 한 걸음 내디디며 중얼댔다. 그 바람에 혀가 허공에서 놀았다. 왠지 엄마가 차미와 통화를 해서는 안 될 것 같은 생각이 들어서였다. 그러나 엄마는 이쪽으로 눈길 한번 주지 않고, 전화기만 내려다보았다. 걸 그룹 노래가 1절이 모두 끝나고 다시 시작될 때까지, 저편에서는 전화를 받지 않았다. 반희는 그게 퍽 다행이라 여겨졌다. 반희는 침을 꼴깍 삼켰다.

하지만 엄마는 발신음이 끊어지자 다시 버튼을 눌렀다. 물론 이번에도 엄마는 끈질기게 저편의 목소리를 기다렸지만, 상대는 전화를 받지 않았다. 노래가 몇 번쯤 반복된 후, 여자 목소리를 한 기계음만 새어 나왔다. 지금 전화를 받을 수 없어, 로 시작되는 그 목소리가 반희의 귀에도 생생하게 들렸다.

그래도 엄마는 또 통화 버튼을 눌렀다. 알 수 없는 조바심에 반희는 자꾸만 침을 삼켰다.

안 돼요, 엄마!

어느새 반희는 그렇게 외치고 있었다. 그러는 사이, 엄마는 다섯 번째 재발신 버튼을 누르고 있었다. 그리고 마침내 걸 그룹의 노래가 대여섯 마디 울리다가 툭 끊어졌다. 그와 동시에 엄마가 급히 말했다.

"끊지 마. 제발⋯⋯."

엄마의 목소리는 다급하고 간절했다. 그게 효과가 있었을까. 전화는 끊어지지 않았다. 하지만 저편에서는 아무 소리도 들리지 않았다. 엄마도 잠시, 깊은숨을 내쉴 뿐 아무런 말도 꺼내지 않았다. 덩달아 반희도 숨을 멈추고 기다렸다. 아니, 얼결에 엄마 쪽으로 한걸음 걸었다. 그런데 그때 반지가 나섰다.

"토끼, 내 토끼야!"

아마 반희가 달아나려 한다고 생각한 모양이었다. 반지는 얼른 반희의 등을 붙잡았다. 그 때문에 반희는 그 자리에 다시 납작 엎드리고 말았다. 잠시 후, 엄마가 입을 열었다.

"너 맞지? 아침에 전화했던……. 차미? 말해 줄래? 우리 반희가……. 무슨 일이 있었던 거지?"

그 말을 겨우 꺼내면서 엄마는 반희를 힐끗 내려다보았다. 반희는 그런 엄마의 시선을 피할 수가 없었다. 고개를 돌리려고 했지만, 굳은 듯 움직이지 않았다. 그러나 한동안 전화기 저편에서는 아무 소리도 들리지 않았다. 그러자 엄마가 다시 말했다.

"뭐든 괜찮아. 반희가 많이 아파. 그러니까 내가 반희를 대신해서……. 그래, 무슨 말을 해도 네가 말했다고 하지 않을게. 약속할게."

그때, 저편에서 목소리가 흘러나왔다.

"반희 때문에……."

그 짧은 말 때문에 반희는 온몸이 굳어 버릴 만큼 긴장했다. 숨을 멈춘 채 다음 말을 기다렸다. 그러나 그뿐, 전화기 너머의 저편은 다시 침묵했다. 엄마는 아주 옅은 숨을 길게 내쉬었다. 두 번쯤 그런 뒤에야 다시 목소리가 들려 나왔다.

"반희 때문에……."

"반희 때문에?"

"……."

"반희 때문에 무슨 일이 있었는데? 응?"

"수지가 차도로 뛰어들었어요. 반희가 아무 말 하지 않던가요? 그랬겠죠."

"뭐? 그게 무슨 소리야? 반희가 어쨌는데? 반희가 무슨 짓을 했어?"

엄마의 목소리가 높아졌다. 그런 중에 엄마는 반희를 한 번 내려다보았다. 엄마의 차가운 눈빛 때문에 반희는 가슴이 철렁 내려앉았다.

"……."

"얘, 내 말 듣고 있니? 반희가 왜……."

엄마가 차분하게 되물었지만, 저편에서는 아무 소리도 들리지 않았다. 물론 그것만으로도 반희는 뒤통수를 한 대 얻어맞은 기분이었다. 어이가 없었다. 마른하늘에 날벼락도 아니고.

나 때문에 수지가 차도에 뛰어들었다고? 세상에! 이런 맥락 없는 말이 어디에 있단 말인가?

그때, 반희는 문득 아까 엄마가 전화하던 목소리가 생각났다. 수지가 교통사고를 당했다는 말.

그런데 그게 나 때문이었다고?

반희는 머리를 가로저었다. 그럴 리 없다고 몇 번을 소리쳐 말했다. 엄마가 다시 입을 열었다.

"말했잖아. 반희가 몹시 아프다고. 그러니까 말해 줘. 응?"

그러면서 엄마는 반희에게 시선을 돌렸다. 그 모습을 보고 반희는 고개를 저었다.

왜요? 난 모르는 일이에요. 내가 뭘 어쨌다는 거예요. 하나도 기억나지 않는단 말이에요.

목소리가 들릴 리 없는데도 반희는 변명하듯 엄마를 향해 주둥이를 여짓거렸다. 고개까지 저어 댔다. 그러는 바람에 두 귀가 펄럭거렸다. 그런데 그때였다. 한 가지 일이 떠올랐다. 엄마가 들이닥치기 전에 보았던 동영상이었다. 반희는 외쳤다.

민규예요. 민규! 그 애가 수지를 괴롭혔단 말이에요. 그 동영상 안에서 민규의 목소리가 들렸어요. 내가 아니고 민규라고요.

그때, 잠시 멈춘 듯했던 전화기 속에서 차미의 목소리가 흘러나왔다.

"반희가 그랬어요. '난 1등을 해야만 쓸모가 있는 놈이야.'라고 했어요. 그런 듣보잡 여자애한테 자기가 왜 뒤져야 하냐고……. 수지가 임대아파트에 사는 애라고……. 그것도

116

기분 나쁘다고…….”

“뭐?”

“그리고 반희가 돈을 가져왔어요. 아무 말 말아 달라고.”

“왜 반희가……?”

“수지한테 1등을 빼앗길 수 없다던데요? 아빠가 자기를 죽일 거랬어요. ‘우리 엄마는 쪽팔려서 대문 밖도 못 나갈 거야.’라고 말했어요.”

그 순간, 기억 하나가 반희의 머릿속을 스치고 지나갔다.

그런 근본도 없는 애한테 1등을 빼앗길 수는 없어…….
맞아. 그 말을 가슴에 품고 또 품었어. 왜 그랬지? 설마 그게 수지 때문이었다고? 그럼, 1등을 수지가?

반희는 고개를 저었다. 그럴 리 없었다. 자신도 모르게 머리를 마구 흔들었다. 차미가 다시 말했다.

“민규를 시켜서 수지가 공부를 하지 못하게 해 달라고 했대요. 반희가 돈으로 일진 아이를 끌어들인 거예요.”

“혹시 그 동영상?”

“네? 동영상이라니요?”

차미의 말에 엄마가 급히 되물었다. 그리고 그 순간, 반희의 머릿속에 다시 한번 그 동영상이 스치고 지나갔다.

“아, 아니야. 내 말은……. 그러니까 그게 반희가 시켜서 한 짓이라고?”

순간 엄마의 시선이 반희에게 날아왔다. 매섭고 섬뜩한

눈초리였다. 눈에 핏발이 잔뜩 서 있었다. 그런데 왜일까?
엄마는 뒤로 물러났다. 시선은 반희에게 고정한 채. 엄마는
문 쪽으로 걸어가더니 문을 닫았다. 그러고는 딸깍 소리가
나게 잠갔다. 엄마는 다시 반희에게 다가오기 시작했다. 입
술을 꽉 깨문 채.

늦은 밤

갑자기 다급한 마음이 들었다. 또렷하지는 않았지만, 무언가 머릿속에 희미하게 떠올랐다. 아무런 관련이 없을 것 같은 민규와 수지를 얽어매고 있는 게 바로 자신이라는 느낌. 오로지 직감일 뿐이었지만, 그것은 어쩌면 기억보다 강렬한 것인지도 몰랐다. 그때 엄마가 다시 전화기에 대고 물었다.

"말해 봐. 그게 모두 반희 때문이라는 거니?"

몹시 상기된 엄마의 얼굴을 보자 더 이상 기다릴 수가 없었다. 반희는 벌떡 일어났다. 마음이 급해졌다. 전화기를 뺏어야 한다는 생각이 들었다. 그런데 반희가 조금 움직이자, 반지가 따라서 움직였다. 또 손을 뻗어 왔다. 반희는 재빨리 반지의 손을 피했다. 그리고 달렸다. 짧은 거리였지만 있는 힘껏 뛰었다. 그리고 침대 모서리에 다다라 뒷발에 힘을 잔뜩 주고 최대한 높이 도약했다. 마치 날아오르듯이. 그 순간, 엄마가 이쪽을 쳐다보았고 주춤거렸다. 다행히 반희는 엄마의 귓가에 있던 휴대폰을 입으로 물었다. 아니 물었다고 생각했는데, 반사적으로 엄마가 몸을 돌렸다.

"아아앗!"

짧은 비명을 지르며, 엄마는 손을 휘둘렀다. 반희는 그 손에 차여 옷장에 내부딪뜨리고 말았다. 뒤이어 바닥으로 곤두박질쳤다. 엄마도 중심을 잃은 채 비틀거렸고, 전화기도 바닥에 떨어졌다.

"꾸에에엑!"

반희는 한쪽 발과 머리에 심한 통증을 느꼈다. 허리에서도 두두둑, 하는 소리가 났다. 한참 동안 일어나지 못했다. 겨우 앞발에 힘을 주긴 했지만, 곧장 다시 쓰러지고 말았다. 반희는 자빠진 채 숨을 몰아쉬었다. 정신을 가다듬고 몸을 움직이려 했지만, 쉽지 않았다. 다행히 엄마도 반지도 선뜻 나서지 않았다. 반지는 눈을 동그랗게 뜬 채 그 자리에 서 있었고, 엄마 역시 새파랗게 질린 얼굴로 주저앉아 있었다. 그런데 바로 그때였다. 다른 어느 곳보다 머리가 깨질 듯이 아팠는데, 그 통증의 가장자리에서부터 잊힌 기억의 한 조각이 떠올랐다.

몇몇의 목소리였다.

들키면 다 네가 책임지는 거야? 네가 이러고도 사람이야? 넌 범죄를 저지른 거야! 이 새끼가 돈만 주면 다 되는 줄 아나 보지? 무슨 수를 써서라도 1등 해. 그래야 살아남아……. 너 미친 새끼지? 너랑 민규가 꾸민 일인 거 다 알아.

민규도 있었고, 차미도 있었고, 아빠도 있었다.

흐릿한 영상 같은 장면도 지나갔다. 학교 체육관 뒤편 정원에서 민규를 만나고, 돈을 쥐여 주고……. 그리고 또 다른 목소리.

증거 캡처해서 보내.

뜻밖에도 그건 반희 자신의 목소리였다. 반희는 머리가 더 깨질 듯이 아팠다. 게다가 하필이면 그때, 바닥에 떨어진 휴대폰에서 차미의 목소리가 흘러나왔다.

"수지가 뭘 잘못했는데요? 수지는 1등 하면 안 되는 거예요? 왜……."

그 소리를 엄마도 들었을까? 한쪽으로 비틀거리며 물러났던 엄마가 천천히 전화기가 있는 쪽으로 다가갔다. 그러더니 전화기를 내려다보면서 혼잣말로 중얼거렸다.

"응. 안 돼. 절대로! 수지 같은 애들은 더더욱 안 돼!"

표정이 너무나 단호해서 반희는 깜짝 놀랐다. 한동안 엄마를 멍하니 쳐다보고 있어야만 했다. 그사이 전화기 속에서는 잠시 끊어졌던 차미의 목소리가 다시 들려 나왔다.

"책임지라고 하세요. 사과하라고 하세요. 잘못했다고 빌라고 하세요."

그 말에 엄마는 어금니를 물고 뚫어지게 휴대폰만 내려다
보았다. 그러더니 잠시 후, 피식 웃었다. 그런 엄마가 무서웠
다. 엄마는 전화가 끊어진 뒤에도 한동안 그런 모습이었다.
전혀 다른 사람 같았다. 벌벌 떨면서 그 모습을 쳐다보고 있
자, 반희에게는 또 다른 기억이 오롯이 되살아났다.

1등을 하기 위해서 수단과 방법을 가리지 마. 수단과 방
법을 동원할 수 있는 것도 실력이야. 그게 무엇이든 말이야.
잘 기억해. 한번 빼앗기면 다시는 못 찾아. 아빠의 목소리였
다. 그리고 또 뭐랬지? 네가 1등 하는 게 너만의 문제인 줄
알아? 아빠의 명예고 엄마의 체면이고 우리 가족의 자존심
같은 거야!라고 했던가?

그 말이 머릿속을 스쳐 지나자, 온몸이 전기가 오르듯 찌
릿거렸다. 흰 털이 죄다 곤두서는 느낌이었다.

1등을 해야 하는 이유가 그거였어?

반희는 그렇게 묻고는 몸을 떨었다. 잠시 후, 엄마는 고개
를 반희 쪽으로 돌렸다. 노기(怒氣)가 잔뜩 서린 눈빛 때문에
반희는 숨을 멈추고 뒤로 물러났다. 벽 쪽으로 꽁무니를 빼
고 몸을 웅크리자 엄마가 다가왔다. 반희는 뒤로 더 물러나
려 했지만 그럴 수 없었다. 조금 전보다 온몸이 더 바들바들
떨렸다. 그때, 반지가 한발 먼저 달려왔다.

"내 토끼야, 내 토끼!"

하지만 엄마는 뒤도 돌아보지 않고 손을 뻗어 반지를 막았다. 반지는 선 채로 버둥거렸지만, 엄마를 이겨 내지 못했다.

"토끼 아파! 벽에 부딪쳤어. 호, 해 줘야 해."

반지는 징징거렸다. 그 사이에 엄마는 더 다가와 반희에게 손을 뻗었다. 손끝이 심하게 떨렸다. 그런 손으로 엄마는 반희의 머리를 쓰다듬었다. 여전히 무서웠지만, 반희는 엄마의 손길에 머리를 맡겼다. 괜찮을 거야, 생각하면서.

그래요, 엄마. 나 지금 무서운 꿈을 꾸고 있어요…….

뜻밖에도 그건 속임수였다. 예닐곱 번 머리를, 또 턱을 쓰다듬던 엄마는 갑작스레 목덜미를 움켜쥐었다.

컥컥! 엄, 엄마……?

숨이 막혔다. 온 힘을 다해 소리를 질렀지만, 목소리는 나오지 않았다. 아까보다 더 길게 비어져 나온 혓바닥만 허공에서 놀았다.

엄마, 나예요. 반희예요!

다시 버둥거렸다. 앞발과 뒷발을 모두 허우적댔다. 어떻게든 엄마의 손을 밀쳐 내려 애썼다. 그 탓에 엄마의 손등과 팔뚝에 상처가 생겼고, 피가 났다. 그런데도 엄마의 손아귀 힘은 더욱 거세지기만 했다.

"하악! 하아아……."

반희는 점점 더 기운이 빠졌다. 정신이 아뜩하고 금방이라도 숨이 멎을 것만 같았다. 눈앞에서 시뻘건 혓바닥이 힘

없는 깃발처럼 펄럭이는 게 보였다.

왜, 나한테 왜……?

반희는 거듭 외쳤다. 물론 그걸 알아들을 리 없는 엄마는
눈을 부릅뜨고 손아귀의 힘을 더했다. 엄마 팔뚝의 힘줄이
새파랗게 도드라져 있는 게 보였다. 그때 반지가 다가왔다.

"안 돼! 그러지 마. 토끼 죽어!"

반지가 엄마의 어깨를 흔들었다. 그 덕분에 엄마가 살짝
흔들렸고, 잠시나마 목을 쥔 손이 풀어졌다. 하지만 그때뿐
이었다. 엄마는 반지를 밀어내고, 곧바로 반희의 목을 더 죄
었다. 눈앞이 어뜩했다. 더 이상 발버둥 치는 것조차 힘들었
다. 결국 숨을 쉴 수가 없어서 반희는 사지를 늘어뜨렸다.

이렇게 죽는 거야? 그것도 엄마 손에?

온몸에 소름이 돋고 무섬증이 활활 타올랐다. 그래도 할
수 있는 일이 아무것도 없었다. 반희는 눈을 감았다. 그러면
서 마지막 희망 하나를 생각했다.

이제 꿈에서 깰 거야. 그래. 항상 악몽은 가장 위급할 때
깨곤 했으니까. 괜찮아.

반희는 애써 자신을 다독거렸다. 그런데 갑자기, 둔탁한
소리가 나는 것 같더니 몸이 심하게 흔들렸다. 동시에 목을
죄었던 엄마의 손이 풀렸다. 그 바람에 반희는 축 늘어진 채
땅에 떨어졌다. 이번에는 옆머리가 바닥에 먼저 떨어졌다.

"꾸엑!"

소리를 지르며 눈을 떴다. 엄마가 옆으로 밀려나 앉아 있었다. 반지가 그 옆에 쓰러져 있었다. 아마 온몸으로 엄마를 밀쳐 낸 듯했다. 반지는 재빨리 일어나 반희에게 달려왔다. 그러더니 귀를 잡아 올렸다.

"토끼는 귀를 잡는 거야."

반지가 엄마를 쳐다보면서 천연덕스럽게 말했다. 엄마는 옆구리를 한 손으로 짚으며 비스듬히 앉아 있었다. 그런 채로 이쪽을 노려보았다. 아랫입술을 꽉 문 채로. 잠시 후, 엄마는 몸을 추스르더니 바로 앉았다. 그러더니 중얼거렸다.

"어차피 토끼는 쓸모없어."

엄마는 매섭게 노려보면서 다시 다가왔다. 그러자 반지가 막아섰다. 반희의 귀를 잡은 채 물건을 감추듯 귀를 잡은 손을 몸 뒤로 돌렸다. 그러는 바람에 이번에는 반희의 몸이 벽에 부딪혔다. 갑자기 반지가 뒤로 더 물러났고, 순간 반희는 벽에 몸을 짓눌리고 말았다.

"카하악!"

다시 숨이 막혔다. 귀도 어찌나 세게 붙잡았는지 떨어져 나가는 건 아닌지 걱정이 될 정도였다.

"그 토끼, 이리 내놔!"

"싫어! 내 토끼야. 내가 키울 거야."

엄마가 어르는 말에, 반지는 소리를 높였다. 고개까지 힘차게 저었다.

"안 돼! 어서 이리 내!"

"싫어! 내 토끼야!"

엄마가 소리를 지를수록 반지의 목소리도 따라서 높아졌다.

"반지야. 그 물건은 이제 쓸모가 없어. 제발 이리 내. 어서!"

안 되겠는지 엄마가 소리를 낮추며 설득하듯 말했다. 하지만 그마저도 소용이 없었다. 반지는 고개를 저으며 버텼다. 그러느라 반희는 반지와 벽 사이에 끼었고, 그 바람에 얼굴이 눌리고 몸이 쭈그러졌다. 답답하고 아프고 숨이 막혔다. 그때, 바깥에서 아빠의 목소리가 들려왔다.

"여보! 어디에 있는 거야? 당신 여기에 있어? 문까지 잠그고 그 안에서 뭐 하는 거야?"

엄마는 반희에게 다가오다가 멈칫하고, 문 쪽을 힐끗거렸다.

"어서 나와 봐. 보좌관이 연락해 왔는데……. 이 새끼 이거, 무슨 사고를 단단히 친 모양이야."

"……."

"문 좀 열어 봐. 어서!"

엄마가 대답이 없자, 아빠가 더 거칠게 문을 두드려 댔다.

"아, 알았어요."

하는 수 없었는지, 엄마는 반지로부터 물러났다. 엄마는 문을 열기 직전, 반희를 내려다보았다. 그 눈빛이 차고 매서웠다. 다시 한번 온몸의 털이 쭈뼛 서는 기분이 들었다. 엄마는 곧 시선을 돌리고 문을 열었다.

"도대체 여기서 뭘 하느라 그래?"

엄마가 문을 열자마자 아빠의 얼굴이 살짝 보였다가 사라졌다. 엄마는 방문을 한 뼘쯤 열어 놓은 채 아빠를 거실 쪽으로 이끌고 갔다. 그러면서 자주 이쪽을 힐끔거렸다.

"아무것도 아니에요. 당신은 무슨 일이에요?"

"하! 이 새끼를 도대체 어떻게 하지?"

"무슨 일인데 그래요?"

엄마 아빠의 목소리가 조금 작아졌다.

"불량배들을 시켜서 여자애 하나를……. 거, 지난번에 1등한 애 있지? 걔를 협박해서 학교도 못 나오게 하고……. 거기에 반희가 연루된 것 같대. 놈이 불량배들에게 돈을 줬다는 것 같아."

"……."

"아무튼 이 새끼. 허술하기는! 얕은꾀나 겨우 부릴 줄 알지, 제대로 하는 일이 하나도 없어. 당신 지금 내 말 듣고 있는 거야?"

"네? 뭐라고요?"

아빠가 뒷말을 높였고, 엄마는 되물었다.

"왜 이렇게 넋이 나간 사람처럼 그러고 있어. 방에서 뭔

일이라도 있었어?"

"아, 그게…….'

"그 손은 또 왜 그래? 뭘 하다가 손등을 그렇게 긁힌 거
야?"

"아니에요. 괜찮아요. 별거 아니에요. 그런데 뭐랬어요?"

그즈음, 반지는 반희를 방바닥에 내려놓았다. 반희는 그
자리에서 몇 번이나 맴을 돌다가 주저앉았다. 머리부터 발
끝까지 아프지 않은 데가 없었다. 특히 엄마가 조른 목은 아
직도 얼얼했다. 고개를 돌릴 때마다 뻐근했다.

"백설 공주야, 아팠어? 목 아팠어? 언니가 때려 줄게. 때
찌!"

반지는 반쯤 열린 문밖을 내다보며 나무라는 듯한 손짓을
했다. 그러고는 반희의 머리를 쓰다듬었다. 목도 살살 만지
작거렸다. 반희는 일단 자리를 잡고 엎드렸다. 다시 엄마 아
빠의 목소리가 들려왔다.

"그러고 보니 그 동영상 말이야. 반희 놈이 시킨 짓인가
봐."

"반희가요? 왜…….'

아빠의 말을 듣던 엄마가 놀란 듯 되물었다. 그리고 반희
가 있는 방 쪽을 힐끔거렸다.

"왜는 무슨……. 에이, 한심한 자식! 그런 거 하나 깔끔하
게 처리 못 해?"

"그래서요?"

"뭐? 그래서라니? 일단 어떻게든 막으라고 했어. 하, 이 새끼 때문에 생돈 날아가게 생겼잖아."

"어떻게 막아요?"

"어떻게 막긴? 방법이야 찾아보면 있겠지. 무슨 수를 써서라도 막아야 해. 일단 반희한테 불똥 안 튀게 해야지."

"그게 가능해요? 이미 알고 있는 아이도 있는 거 같던데……."

아빠의 목소리는 거칠었고, 엄마는 기운이 다 빠져나간 목소리였다.

"그나저나 기자들이 냄새 맡으면 큰일인데 어쩌지? 반희, 이 새끼. 들어오기만 해 봐."

"안 와요."

아빠의 말에 엄마가 돌연 그렇게 대꾸했다. 동시에 반희 방 쪽을 다시 한번 쏘아보았다.

"뭐? 지금 무슨 소리를 하는 거야? 안 온다니?"

아빠가 어이없다는 투로 되물었다. 엄마는 선뜻 말을 꺼내지 않았다. 반희는 귀를 더 쫑긋 세웠지만, 잠시 동안 엄마의 목소리는 들리지 않았다. 오히려 아빠가 한 번 더 소리를 높였다.

"말해 봐. 반희가 안 온다는 게 무슨 소리야?"

"말 그대로예요. 이제 반희는 안 올 거예요. 사람들한테는 유학 갔다고 하면 돼요."

그렇게 말하는 엄마의 시선이 이쪽을 향하고 있었다. 반희는 자신도 모르게 몸을 움찔 떨었다.

"이 사람이 지금 무슨 귀신 씻나락 까먹는 소리를 하고 있어. 뭐 잘못 먹기라도 했어? 아무튼 기다려 봐. 보좌관에게 찾아 달라고 했으니까, 또 소식이 올 거야. 기다려 보……."

그때였다. 아빠의 목소리를 날카롭게 끊어 내며, 엄마가 빽 소리를 질렀다.

"안 온다고 했잖아요!"

그 바람에 반희까지 깜짝 놀랐다.

"아니, 이 사람이 정말 왜 이러는 거야? 무슨 말도 안 되는 소리를 하고 있는 거냐고? 응?"

아빠의 목소리가 더 커졌다. 엄마를 윽박지르는 듯한 목소리였다. 하지만 엄마는 더 이상 아무런 대꾸도 하지 않았다. 그러자 아빠가 또 물었다.

"당신, 혹시 내가 모르는 거라도 알고 있어?"

"……."

"말해 봐! 도대체 무슨……. 아까 반희 방에 틀어박혀 있더니, 뭘 좀 알아낸 거야?"

여전히 엄마는 소파에 앉아 팔짱을 낀 채 묵묵부답이었다. 그리고 시선은 아예 이쪽을 향한 채였다. 그러자 아빠가 다시 재촉했다.

"무슨 말을 좀 해 보라니까. 도대체 뭘 알고 있는 거야?"

아빠의 재촉에도 엄마는 별다른 대꾸를 하지 않았다. 대신 벌떡 일어나더니 이쪽을 향해 걸어왔다. 반희는 반사적으로 머리를 들었고, 동시에 몸을 일으켰다. 반지가 재빨리 목덜미를 붙잡았지만, 반희는 용케 빠져나왔다. 그리고 쪼르르 침대 아래로 들어갔다.

"토끼야! 어디 가? 토끼야."

반지가 재빨리 쫓아와 침대 아래로 손을 넣었다. 그러나 손은 반희가 숨어 있는 침대 구석까지는 미치지 못했다. 엄마는 방으로 들어와 잠시 두리번거리더니 문 앞쪽에 떨어져 있던 반희의 전화기를 집어 들었다. 그런 다음, 반지의 손목을 끌어당겼다.

"이리 나와. 여기 있으면 안 돼!"

"싫어. 여기에 토끼가 있단 말야. 싫어!"

반지가 침대 아래를 가리키며 버텼다. 그러나 엄마는 반지를 강제로 잡아당겼다. 반지가 질질 끌려갔다. 반지는 문을 잡고 버둥거렸지만. 곧 밖으로 내몰렸다. 엄마는 거칠게 문을 닫았다.

쾅! 거친 소리와 함께 방 안이 울렸다. 잠시 후, 반지가 문 앞에서 징징거리는 소리가 들렸다.

"토끼! 토끼 줘. 토끼가 안에 있단 말야."

"저리 가지 못해? 자꾸 이러면 엄마도 화낼 거야!"

"아니, 쟤는 또 왜 저래? 토끼는 뭐야?"

엄마와 아빠의 목소리가 뒤엉켰다. 곧이어 반지의 울음소리도 들렸다.

"토끼이이이……."

그즈음, 반희는 침대 아래에서 나왔다. 한동안 문 앞에서 반지와 엄마의 실랑이가 계속되었다. 반지의 칭얼거리는 소리와 "안 된다면 안 되는 거야!"라고 윽박지르는 엄마의 목소리, 아빠의 신경질적인 외침이 뒤섞여 들렸다. 조금 더 시간이 지난 뒤에야 바깥이 조용해졌다. 반지의 울음소리가 점점 작아졌고, 곧 그 소리마저 들리지 않았다. 고개를 들어 보니, 창밖이 조금씩 어두워지고 있었다. 반희는 엎드린 채 움직이지 않았다. 그런 채로 시간을 보냈다. 사방이 어두워지면서 배가 고프고, 무서워졌다. 하지만 무엇도 할 수가 없었다. 몸을 더 웅크리는 것밖에는.

난 어떻게 되는 거지?

그렇게 묻고, 반희는 피식 웃었다. 하나 마나 한 질문을 한 것 같아서였다. 그래도 반희는 또 물었다.

이제 어떻게 해야 하는 거야?

그다음에는 그냥 혓바닥만 날름거렸다. 열 번, 아니 한 서른 번쯤. 그런 뒤에는 또 같은 질문을 했다.

이제 어떻게 해야 하는 거냐고?

한심했다. 할 수 있는 게 아무것도 없다는 사실 때문에 스스로에게 화가 났다. 벌떡 일어나 주위를 뱅뱅 돌았다. 오줌 마려운 강아지처럼 이리저리 휘젓고 다녔다. 하지만 그마저도 오래 하지는 못했다.

몸이 아파서였다. 엄마가 조른 목이 뻐근했고, 벽에 부딪친 등과 발이 욱신거렸다. 뛰어내릴 때 부딪친 주둥이와 혓바닥은 자꾸만 화끈거렸다. 한쪽 구석에 곱송그리고 오래도록 움직이지 않았다. 이미 밤은 깊어져 있었다. 창밖에서 들이비치는 가로등 불빛만 희미하게 방을 비추었다.

3부

다음 날 새벽

시간이 더 많이 지나갔다. 아니, 그랬을 거라는 생각이 들었다. 무엇보다 배가 몹시 고팠다. 더 나쁜 건, 그걸 깨닫자마자 더 극심한 허기가 몰려왔다는 것. 그제야 반희는, 반지가 준 스프링글스가 오늘 하루 종일 먹은 것의 전부였다는 사실을 새삼 깨달았다. 반희는 일어났다. 하지만 어떻게 해야 할지 몰라서 그냥 그 자리에 서 있기만 했다. 반희는 문 앞으로 걸어갔다. 문틈 사이를 엿보았지만, 그 사이에서도 불빛은 보이지 않았다. 엄마와 아빠도, 그리고 반지도 모두 잠이 든 모양이었다.

반희는 그냥 그 자리에 다시 주저앉아 몸을 잔뜩 웅크렸다. 그리고 눈을 감았다. 기다렸다는 듯 여러 가지 생각들이 밀려왔다. 아침 일찍 받은 메시지, 차미와 엄마의 말들. 그것들이 반복되고 또 반복되었다. 거두고 싶었지만, 맘먹은 대로 되지 않았다.

그래서 더 빠르게 지쳐 갔다. 모든 걸 포기하고 머릿속 생각들을 그대로 두었다. 흐르면 흐르는 대로 멈추면 멈추는 대로. 그래서였을까. 흘러넘치는 생각들 틈새에서 어제는 떠오르지 않던 기억의 일부가 오롯이 되살아났다. 그중 첫 번째는 목소리였는데 너무나 뜻밖이어서 늘어졌던 몸을 곧 추세워야 했다.

그냥 공부 못 하게만 만들어 놓으라는 거지? 그런데 너 이렇게 해서라도 1등 해야 하는 거냐? 가만 보면 공부 잘하는 놈들이 더 야비할 때가 있어. 그치? 캬캬! 그 목소리는 틀림없이 민규였다. 놈은 반희가 건네준 돈을 세면서 중얼거렸다. 그러는 놈의 주둥이를 당장에 비틀어 버리고 싶었지만 반희는 참았다.

그나저나 너 이러고 다니는 거 너네 꼰대는 알고 있냐? 네 아빠 말이야. 반희는 받아쳤다. 시끄럽고! 너 같은 놈들은 몰라. 1등을 하고 안 하고가 얼마나 중요한 일인지. 너와 나는 클래스가 다르다고. 알아? 1등 해 본 적 없지? 이런 일 부탁했다고 친구 먹을 생각은 꿈도 꾸지 마. 민규가 대꾸했다. 친구? 너 같은 놈들하고 친구 먹을 일 없으니 걱정 말고. 우린 그냥 공범이야, 새꺄! 그러니까 너도 입 조심해. 함께 골로 가는 수가 있단 말야. 잔금이나 준비해 놓고. 알았어?

그러더니 민규는 땅바닥에 굴러다니던 빈 콜라 캔을 힘껏 발로 찼다. 캔은 요란한 소리를 내면서 벽에 부딪치고 땅바닥을 굴러 어두운 골목 저편으로 사라졌다. 반희는 그 반대편으로 부지런히 걸었다.

참으로 낯선 기억이었다. 반희는 그 기억이 떠오르는 내내 고개를 갸웃거려야 했다. 마치 남의 것을 지켜보는 느낌이었는데, 민규와 주고받은 대화 목소리의 주인은 자신이 틀림없었다. 내가 왜?라며 반사적으로 묻기도 했다. 그러나 의심할수록 기억은 또렷해졌다. 그 뒤를, 꼬리처럼 따라온 기억도 마찬가지였다.

걸어가던 골목 끝에서 누군가 기다리고 있었다. 나쁜 새끼! 반희가 다가가자마자 앞을 가로막으며 욕설을 내뱉은 건 차미였다. 이 악마 같은 새끼! 네가 수지를 죽일 뻔했어. 너 때문이야. 너 때문이라고! 반희가 모른 체하고 지나치려 하자, 차미는 한마디 더했다. 하는 수 없이 멈춘 반희는 쏘아붙이듯 말했다. 넌 신경 꺼! 너 따위가 뭘 알아? 그리고 어깨를 잡아 밀쳐 버렸다. 차미는 곧 길옆에 잔뜩 쌓아 둔 쓰레기 더미에 쑤셔 박혔다. 그걸 보고 반희는 씩 웃으며 발걸음을 재촉했다. 그런데 차미가 일어나 쫓아왔다.

야, 이 새끼야! 한 손엔 제 주먹보다 큰 돌을 들고 있었다. 기세가 만만치 않았다. 아, 저 미친년! 욕을 하면서 반희는 달아나기 시작했다. 하지만 차미는 계속 쫓아왔다. 어찌나

빠른지, 있는 힘껏 달려야 했다. 반희는 뒤 한번 돌아보지 않고 달려서 집으로 뛰어들었다.

너 무슨 일로 이렇게 뛰어다니는 거야? 집에 들어서자마자 엄마가 물었다. 아, 저……. 별일 아니에요. 헉헉거리며 대답하고, 반희는 거실을 가로질렀다. 그때 소파에 앉아 있던 아빠가, 막 방으로 들어가는 반희를 향해 말했다. 다음 주가 시험이라며? 이번이 마지막 기회야. 아빠한테 더는 자비를 기대하지 마라. 못 들은 체하려 했지만, 그 말만큼은 뒤통수를 후려쳤다. 무슨 영화 대사도 아니고. 하는 수 없이 반희는 작은 소리로, 네, 하고 대답하고 돌아섰다.

물론 거기서 끝이 아니었다. 내가 한 말 잘 기억해. 내 인생에 걸림돌이 되지 말라고. 알았어? 반희는 그래서 조금 더 크게, 네! 하고 대답했다. 그러자 이번에는 엄마가 나섰다. 아빠 말 새겨들어. 너 이번에도 1등 못하면 엄마도 고개 못 들고 다닌다. 남 부끄러워서 어떻게 해? 반희는 한 번 더 네, 하고 대답하고 방으로 들어갔다.

그런데 이게 무슨 일일까? 침대 위에 흰 토끼가 올라앉아 있었다. 백설 공주 아니, 짝귀였다. 놈은 컵라면을 뒤집어쓰고 꼿꼿하게 서서 반희를 노려보았다. 꼬불꼬불한 라면 면발이 머리 위에, 그리고 한쪽 귀에까지 붙어서 기다란 귀걸이처럼 흔들거렸다. 뭐, 뭐야? 넌……. 넌 이미 죽었잖아? 하지만 그 말을 알아들었는지 못 알아들었는지, 짝귀는 침대 아래로 가볍게 폴짝 내려서더니 한 걸음씩 걸어왔다.

저리 가! 가란 말이야! 반희는 소리쳤다. 그러나 짝귀는 더 바싹 다가오며 이빨을 드러냈다. 주둥이도 컸고 앞니는 뾰족하고 날카로웠다. 지켜보고 있자니, 주둥이도 이빨도 점점 더 커졌다. 머리통을 한입에 넣을 만큼 큰 주둥이를 쩍 벌리고 달려들었다.

아악! 반희는 소리를 지르며 벽에 기대어 섰다. 살려 줘!! 반희는 연신 외쳤다. 그러나 그것도 통하지 않았다. 그래서 변명하듯 말했다. 왜 나한테 이래? 네가 컵라면 국물을 뒤집어썼잖아. 무, 물론 내가 실수로 그랬지만……. 그걸로 피부병이 생길 줄은 몰랐지. 털도 다 빠진 토끼를 어떻게……. 창피하잖아. 난 하얀 토끼를 원했다고! 넌 쓸모가 없었어. 그러는 사이에 짝귀는 더 바싹 다가오며 말했다. 네가 나를 죽이려 했지? 그 소리에 숨이 멎었다. 눈을 부릅뜨고 보니, 토끼는 간데없고, 수지가 눈앞에 서 있었다. 차미가 들고 있던 짱돌을 들고. 네가 여길 어떻게……? 수지는 그것을 높이 쳐들었다. 어금니를 꽉 깨물고 시퍼런 눈초리를 쏘아 보내면서.

으어어어! 반희는 비명을 지르며 눈을 감았다. 바로 그때였다. 안 돼! 그러지 마! 날카로운 목소리가 반희와 수지 사이를 가로막았다. 반지였다. 동시에 수지는 온데간데없이 사라졌다. 괜찮아. 누나가 지켜 줄게. 걱정하지 마. 반지가 그렇게 말하면서 반희를 토닥거렸다. 반희는 고개를 끄덕였다. 많이 힘들었니? 이젠 괜찮을 거야. 아무 일 없을 거야. 누나가 지켜 줄 거니까. 걱정하지 말고 푹 자. 그 말과 함께 반희는 어느새 침대 위에 누워 있었다.

누나가 자장가 불러 줄까? 아니, 피리 불어 줄까? 그럼 잠이 잘 올 거야!

피리를 또? 그것 좀 그만하면 안 돼? 내가 지금 그 괴물 같은 피리 소리를 들어야 해? 온 힘을 다해 외쳤다. 하지만 반지는 들은 체도 않고, 어디선가 리코더를 꺼내 들었다. 그러고는 입에 대고 불기 시작했다. 아! 이번에는 달랐다. 맑고 깨끗한 소리가 났다. 반지가 연주하고 있는 곡이 어떤 노래인지도 알 것 같았다. '엄마가 섬 그늘에 굴 따러 가면, 아이가 혼자 남아⋯⋯.' 너무나도 잔잔하고 평온한 음이 방 안을 가득 메웠다. 그 덕분에 반희는 차분해졌다. 공포도 사라지고 긴장감도 눈 녹듯 녹아 버렸다.

반희는 가만히 리코더를 입에 물고 있는 반지를 쳐다보았다. 반지가 따뜻하게 웃고 있었다. 그걸 보자, 반희는 눈물이 났다. 그치려는데도 자꾸만 눈물이 났다. 그런 채로 반희는 반지가 연주하는 리코더 소리를 들었다. 자신도 모르게 중얼거렸다. 누나, 누나⋯⋯.

허억!

반희는 깜짝 놀라 눈을 떴다.

내가 방금 무슨 말을 한 걸까? 누나라니? 초등학교 2학년 이후로 단 한 번도 누나라고 부른 적이 없었는데…….

사방은 여전히 고요했다. 방은 캄캄했고 허기가 심해 기운이 하나도 없었다. 온몸이 쑤시는 것도 똑같았다. 귀는 양쪽에서 펄럭거렸고, 벽에서는 디지털시계의 빨간 숫자가 깜박였다.

도대체 뭐가 기억이고 뭐가 꿈인 거야?

반희는 온몸을 파르르 떨었다. 눈앞에 펼쳐졌던 일들이 너무나도 생생해서 지금도 눈앞에 누군가 서 있는 듯한 착각이 들기도 했다. 그러다가 어느 순간, 반희는 문득 딱 한 사람의 얼굴을 떠올렸다.

반지 누나.

반희는 몸을 더 곧추세웠다. 그리고 위를 올려다보았다. 문손잡이가 보였다. 턱도 없는 일이었지만 반희는 힘껏 뛰어 보았다. 하지만 아무리 뒷발에 힘을 주고 뛰어도 문손잡이 근처에도 가지 못했다. 몇 번을 더 깡충거렸지만 마찬가지였다. 반희는 안 되겠다 싶어서 앞발로 문을 벅벅 긁었다. 쉬지 않고, 양발을 꼼지락댔다. 하지만 한참이 지나도 밖에서는 아무런 기척이 느껴지지 않았다. 그래서 반희는 더 미친 듯이 문을 긁어 댔다.

반지 누나! 누나!

입속으로 끊임없이 누나를 불렀다. 얼마나 오래도록 그랬는지 발톱이 빠질 듯 아팠다. 아니, 하루 종일 이리 부딪치고 저리 부딪친 온몸이 들쑤시는 듯 통증이 찾아왔다. 허기가 더 심해졌다. 그래도 반복적으로 앞발을 들어 문을 긁어 댔다. 긁다 말고 문틈으로 거실을 보았지만, 여전히 어두웠다. 반희는 계속 긁었다. 나중에는 발톱을 문에 대기만 해도 통증이 발 전체로 퍼졌다. 하는 수 없이 이번에는 문 앞에 기대앉아 옆머리로 문을 툭툭 들이받았다.

"퉁, 투퉁."

소리는 작고 약했지만, 그래도 반희는 멈추지 않았다.

누나!

반희는 연신 입으로는 반지 누나를 불렀다. 그러다가 지쳐서 쓰러지듯 주저앉았고, 넋을 놓고 허공을 바라보았다. 그런데 얼마나 시간이 지났을까? 바깥에서 무슨 소리가 들렸다.

"어억! 깜짝이야. 뭐야? 당신 왜 여기에 있어? 밤새 한숨도 안 잔 거야?"

아빠의 목소리였다. 동시에 문틈 새가 밝아졌다. 반희는 다시 문틈 새에 얼굴을 들이댔다. 아주 희미하게 엄마의 모습이 보였다. 순간, 흠칫 놀라고 말았다. 엄마가 방 쪽을 바라보고 있었기 때문이었다.

엄마는 내내 이쪽을 보고 있었던 거야? 거실의 불이 꺼진 뒤에도? 그럼, 내가 발로 문을 긁어 대는 소리도 들었을 텐데……

갑자기 등골이 서늘해졌다. 반희는 문에서 한 발자국 물러났다. 그때, 다시 아빠의 목소리가 들렸다.

"왜 이렇게 넋 나간 표정을 하고 있어? 어딜 보고 있는 거야? 반희? 그런다고 뭐가 달라져? 걱정 마. 보좌관 시켜서 오늘 내로 찾을 테니까. 어서 방으로 들어가."

"……."

"거참! 방으로 들어가라니까 뭐 하고 있어? 일어나 어서! 여기서 궁상떨지 말고. 어서!"

아빠의 목소리가 울렸다. 그러고 나서 얼마 지나지 않아, 희미하던 엄마의 모습이 사라졌고, 방문을 여닫는 소리가 들렸다.

이럴 거면…….

반희는 중얼거렸다. 혓바닥이 허공에서 두어 번 춤을 추었다. 하지만 얼른 입을 다물었다. 물론 머릿속에서는, 그 뒷말이 떠돌았다.

아무도 모르게 연기처럼 사라졌으면 좋겠어.

그러자마자 거의 동시에 뜻밖의 생각이 떠올랐다.

내가 차라리 토끼였으면 좋겠어!

아, 그런 생각을 했었다. 그것도 최근 들어서 매우 자주.

그랬다. 머릿속에서는 요 며칠 내내, '다시 1등을 해 보겠다고 수지를 괴롭힌 일이 밝혀지면 그때는……? 정말 그리되면 아빠는 뭐라고 할까? 엄마는? 선생님과 주변 사람들은? 학교는 다닐 수 있을까? 휴! 아무것도 기억나지 않았으면 좋겠어! 아무것도!'라는 생각의 소용돌이에 휘말려 있었다. 밥도 먹지 못했고 잠도 자지 못했다. 사흘, 아니 나흘쯤? 너무나 힘들고 고통스러워서 엄마의 약장을 뒤져 몰래 수면제를 훔쳐 먹었다. 그러고는 짝귀처럼 사라져 버렸으면 좋겠다고 생각했는데…….

가만! 그러고 보니, 누군가 내 소원을 들어준 건가? 예수님? 아니면 부처님이? 아, 씨……. 도대체 어떤 분이 애들 소원을 이렇게 쉽게 들어주는 거야?

무슨 소린지도 모른 채 반희는 끊임없이 지껄여 댔다.

다음 날 아침

시간이 얼마나 흘렀는지 알 수 없었다. 한참 전에 아빠가 출근하는 소리가 들렸고, 거실에서 부스럭거리는 소리가 들리기도 했다. 그러더니 다시 조용해졌다. 반희는 꼼짝도 하지 않았다. 아니, 움직일 힘이 없었다. 발끝조차 꼼지락대기가 버거울 만큼 허기졌고 온몸이 아팠다. 반희는 눈만 껌벅거렸다. 조금 더 지난 뒤에는 그마저도 느려졌고, 졸음이 쏟아졌다. 하지만 반희는 잠들지 않기 위해 애썼다. 잠이 들면 또 어떤 꿈을 꾸게 될지 모르니까. 그리하여 무슨 끔찍한 사실이 부르터나기라도 한다면?

반희는 눈을 부릅떴다. 하지만 자꾸만 눈이 감겼다. 그래서 일부러 사방을 두리번거렸다. 디지털시계를 보았고, 책장을 둘러봤다. 가지런히 꽂혀 있는 책들과 그 앞에 진열된 수학 경시대회 1등 기념패 몇 개가 눈에 들어왔다. 그 옆에는 영어 말하기 대회 1등 상장, 그리고 과학경진대회 최우수상 상패……. 반희는 그것들을 한참 쳐다보다가 다른 쪽으로 고개를 돌렸다. 침대 밑이 보였다. 뜨거운 라면 국물을 뒤집어쓰고 도망갔던 짝귀가 생각났다. 반희는 고개를 거칠게 내저었다.

반희는 다시 눈만 깜박였다. 아무 무늬도 없는 흰색 문을 쳐다보았다. 바깥에서 소리가 들렸다. 문 앞에서 무언가 바스락거리고 있었다. 반희는 귀를 기울였다. 그러자마자 손잡이가 딸깍, 하면서 문이 조금 열리고 손이 먼저 불쑥 들어왔다. 그 손에는 어제 먹던 스프링글스가 한 움큼 쥐어져 있었다. 얼른 고개를 들어 보니 반지 누나의 얼굴이 반쯤 보였다. 그러나 그것만 내려놓고 누나는 문을 닫았다.

누나! 나 좀 살려 줘, 누나!

반희는 있는 힘껏 소리쳤다. 물론 입만 삐죽댈 뿐이었다. 그래도 포기하지 않고 문 앞에서 혀를 자꾸 날름댔다. 그러나 문은 열리지 않았다. 반희는 뒤돌아 앉았다. 발 앞에 스프링글스가 여기저기 흩어져 있었다. 반희는 일단 그것들을 주워 먹기 시작했다. 금세 목이 메고 기침이 났다. 그러는 바람에 과자 조각이 입 밖으로 튀어나왔지만, 반희는 흘린 부스러기까지 혓바닥으로 핥아서 목구멍 안으로 쓸어 넣었다. 그러고는 또 기침을 하고 구역질을 해 댔다.

열댓 번의 구역질이 가까스로 그쳤을 즈음, 다시 문이 열렸다. 얼른 돌아보았는데, 이번에도 누나였다. 누나는 손만 쏙 들이밀어 브로콜리와 당근을 내려놓았다. 그리고 작은 소리로 말했다.

"조금만 기다려. 언니가 구해 줄게."

그 말을 남기고 누나는 문을 닫고 사라졌다.

그래, 누나. 나 좀 꺼내 줘.

대답하듯 중얼거리고 반희는 우선 브로콜리부터 씹었다. 평소에는 거들떠보지도 않던 것이었다. 하지만 지금은 그마저도 아쉬웠다. 누가 보면 걸쌍스럽다고 할 만큼 반희는 정신없이 먹어 치웠다. 조금이나마 허기가 가셨고, 살짝 기운이 나는 듯도 했다. 그래서 다시 문 앞을 서성거렸다. 그러다가 불현듯 멈추었다.

그런데 그다음은……? 여기서 나가면 어디로 가지?

배를 채우고 나서도 아무런 할 수 있는 일이 없었다. 여기서 나가도 마찬가지일 거라는 생각이 들었다. 반희는 다시 허탈해졌다. 그래서 다시 주저앉고 말았다.

후유!

길게 한숨을 내쉬었다. 그때, 다시 문이 열렸다. 누나가 문을 열고 살금살금 들어왔다. 그러더니 바깥을 살핀 후, 문을 닫았다. 반희는 뒤로 물러났다. 누나는 바지 주머니에서 무언가를 꺼내 방바닥에 내려놓았다. 다름 아닌 휴대 전화기였다.

이걸 어떻게 가져왔어?

반희는 깜짝 놀라 누나를 쳐다보았다. 누나는 대답이라도 하듯 씩 웃으며 말했다.

"얼른 전화해."

반희는 눈을 동그랗게 떴다. 하지만 당장 어쩌지 못하고, 가만히 지켜보기만 했다.

누나가 뭘 알고서 하는 말일까?

반희는 눈만 깜빡일 수밖에 없었다. 그러자 누나가 한 번 더 말했다. 반가우면서도 한편으로는 당혹스러웠다.

"엄마는 자고 있어. 얼른 전화해. 기다리랬잖아."

반희가 어쩔 줄 몰라 하면서 그 모습을 가만히 보고만 있자, 누나는 전화기를 반희 앞으로 더 밀어 놓았다.

"얼른 해. 엄마 깨어나기 전에."

누나가 무얼 아는 듯 재촉했다. 반희는 등 떠밀리듯 전화기를 앞발로 끌어다 놓았다. 하지만 선뜻 무엇을 하지는 못했다.

누구한테? 차미한테? 아니면 수지?

자신도 모르게 고개를 저었다. 그리고 누나를 바라보았다. 누나가 조금 더 밝은 표정으로 웃었다.

반희는 우선 전화기를 앞발로 툭 건드렸다. 일단 전화기 안에 무엇이 담겼는지 확인해 봐야겠다는 생각이 들었다.

홈 버튼을 눌렀다. 곧 화면이 밝아졌다. 가장 먼저 화면 위편
에 메신저 알림 아이콘이 반짝이는 게 보였다. 반희는 혀를
내밀어 메신저를 열었다.

아!

반희는 자신도 모르게 입을 벌렸다. 민규한테서 온 메시
지였다.

이 새끼, 튀어? 아, 요 쥐새끼 봐라. 끝까지 가 보겠다는 거지?

나 혼자 뒤집어쓰라고? 너네 꼰대 짓이지?

두 시간 간격으로 온 메시지였다.

뭐라는 걸까? 꼰대……라니? 설마 우리 아빠? 그건 무
슨……?

반희는 고개를 갸웃거렸다. 하지만 곧 무언가 알 것 같았
다. 아빠의 말들 속에 그 해답이 있을 것 같았다. 일단 반희
한테 불똥 안 튀게 해야지, 라고 했던 그 말.

혹시 그 보좌관이라는 아저씨가 아빠 부탁을 받고 민규를
찾아가 협박이라도 한 거야?

확인할 수는 없었지만, 그럴 거라는 짐작이 갔다. 아빠라
면 그러고도 남을 사람이었으니까.

반희는 휴대폰에서 시선을 떼고 천장을 쳐다보았다. 한참

을 그러고 있었다. 무얼 해야 할지 판단이 서지 않아서였다. 그런 심정을 아는지 모르는지 누나가 전화기를 반희의 앞발 쪽으로 더 밀었다.

"전화해!"

반희는 고개를 돌려 누나를 쳐다보았다. 하지만 선뜻 전화기를 다시 만지작거릴 용기가 나지 않았다. 그러자 누나가 다시 말했다.

"전화 안 해?"

반희는 도리어 뒤로 한 걸음 물러났다. 동시에 누나에게 말했다.

차미에게 전화하란 거지? 전화해서 뭐라고 말해? 잘못했다고? 미안하다고? 용서해 달라고? 이제 와서 어떻게? ⋯⋯그리고 이제는 하지도 못해. 토끼 주제에 무슨 전화를 해? 다 틀렸어. 다 틀렸다고.

반희는 소리를 높였다. 그래 봤자, 소리는 안 들리고 고개만 세차게 흔들어 보이는 모양새였지만.

"해! 기다리잖아."

왜인지 고개를 갸웃거리던 누나가 말했다. 반희는 고개를 저었지만, 기분이 묘했다. 마치 정신이 멀쩡한 사람과 이야기하는 기분이 들었다. 반희는 되물었다.

정말 기다릴까?

그러자 누나는 말을 알아들은 듯, 눈을 동그랗게 뜨고 반희의 머리를 쓰다듬었다. 그건 마치, "물론이지!"라고 말하는 것처럼 느껴졌다. 그래서 반희는 또 물었다.

하지만 미안하다고 하면 그걸로 될까? 그냥 그 한마디만 하면 모든 게 끝나는 거야?

그 말이 채 끝나기도 전에 누나가 입을 열었다.

"꼭 해야 해. 너무 오래 기다리게 하면 안 돼!"

그 말에 반희는 가슴이 철렁 내려앉았다. 정말로 누나가 말을 알아듣는 것 같아서였다. 게다가 그 말은 마치 자신을 나무라는 것처럼 들렸다. 반희는 얼굴이 화끈 달아올랐다. 반희는 입맛을 다시듯 혀를 날름거렸다. 가만히 뒤늦게 떠오른 기억들의 얼거리를 추려서 머릿속에 정리해 그려 보았다. 1등을 빼앗긴 일부터, 그걸 되찾기 위해 돈을 주고 민규를 불러낸 일, 수지가 남자애들에게 괴롭힘을 당하고 달아나다가 교통사고를 당한 일……. 반희는 두어 번 더 되뇐 다음, 침을 꿀꺽 삼켰다.

누나의 말을 믿어 보기로 했다. 반희는 다시 전화기 앞으로 바싹 다가섰다. 그리고 홈 버튼을 누르고 메신저 창을 열었다. 하지만 반희는 또 망설였다.

뭐라고 써야 돼? 미안하다고?

반희는 마치 묻듯이 누나를 쳐다보았다. 그러자 누나는 마치 무얼 안다는 듯 고개를 끄덕였다. 또 손가락으로 휴대폰을 가리키기도 했다. 괜찮아, 라고 말하듯 살짝 미소를 지어 보였다. 반희는 용기를 내서 혀를 움직였다.

ㅁㅣㅇㅏㄴㅐ

이제 혀로 자판을 누르는 게 조금은 익숙해진 걸까. 그 글
자는 어렵지 않게 눌러졌다. 하지만 반희는 지웠다. 그리고
다시 썼다.

미 안 해

완성된 글자를 쓰는 데는 시간이 조금 더 걸렸다. 그걸 쳐
다보면서, 누나는 연신 반희의 머리를 쓰다듬었다. 그리고
문자를 전송하자 물었다.
"미안해? 응? 많이 미안했어?"
그 질문에 반희는 잠시 당황했다. 자신도 모르게 고개를
끄덕일 뻔했다. 심지어, '응, 누나한테도 미안했어.'라고 말
할 뻔했다. 급작스레 몸이 달아올랐다. 반희는 누나를 빤히
쳐다보고 있을 수밖에 없었다. 그걸 보고 누나는 무슨 생각
을 했는지 반희의 머리를 쓸어 주었다.
반희는 누나에게 머리를 맡겼다. 어제는 몰랐는데, 그 느
낌이 나쁘지 않았다. 반희는 앞발을 뻗고 엎드렸다. 그러자
누나는 조금 전보다 더 힘을 주어 머리와 등을 쓸어내렸다.

그러면서 말했다.

"괜찮아."

그 말에 반희는 다시 고개를 들어 누나를 쳐다보았다. 정말 괜찮아? 그렇게 되묻고 싶었다. 그걸 아는지 모르는지 누나는 또 고개를 주억거렸다.

그래. 누나가 됐다면 된 거야.

반희는 저 혼자 자위하고 고개를 끄덕였다. 그러자 마음이 조금 편해졌다. 뿐만 아니라 누나의 손길이 한결 더 따뜻하게 느껴졌다. 자신도 모르게, 누나가 더 오랫동안 쓰다듬어 주었으면 좋겠다는 생각을 했다. 하지만 그건 잠시일 뿐이었다. 잠시 눈을 감은 찰나, 휴대폰이 앞발 끝에서 진동했다. 마음을 놓고 있던 터라, 반희는 깜짝 놀랐다.

"전화 왔어."

누나는 맑은 눈을 반짝이면서 그렇게 말했다. 그리고 턱짓을 했다. 차미에게서 온 문자 메시지였다. 반희는 잠시 망설였다.

"전화 받아."

반희는 누나의 말에 혀를 움직였다. 그리고 메시지 창을 열었다.

그게 다야? 엄마 시켜서 전화질까지 해 놓고……. 이 새끼, 너 지금 간 보는 거지? 정말 미안하면 와서, 수지 얼굴 보고 해. 무릎 꿇고 빌란 말야. 안 하면 내가 수지를 대신해서라도 지옥까지 쫓아갈 거니까.

그건 못해!

반희는 문자를 읽자마자 반사적으로 말했다. 그러느라 주둥이를 앞으로 쭉 내밀었다. 고개를 세차게 저었다.

무슨 수로? 거기가 어딘 줄 알고? 게다가 지금 이 어처구니없는 비주얼로?

헛웃음이 났다. 입안이 몹시 썼고, 그 때문에 계속 입맛을 다셨다. 반희는 휴대 전화기를 앞에 두고 뒤로 조금 물러났다. 그러자 고개를 갸웃거리면서 누나가 앞으로 다가왔다.

"얼굴 보고 해! 얼굴!"

누나가 문자 메시지를 읽은 모양이었다. 하지만 반희는 고개를 저었다. 귀가 펄럭거렸다.

안 돼! 이러고 어떻게 가? 그리고 걔가 어디에 있는지도 모른단 말이야.

반희는 변명하듯 말했다. 귀가 아까보다 더 흔들렸고, 귀 끝이 눈과 코를 때렸다. 정말 소리라도 터져 나왔으면 좋겠다, 싶은 심정이었다. 답답한 마음에 반희는 더 뒤로 물러났다. 그런데 그때, 다시 전화기가 부르르 떨었다.

"또 전화 왔어. 어서 받아."

누나의 말에 반희는 한 걸음 다가섰다. 이번에도 차미의 메시지였다.

세림병원 신관 7층 708호

반희는 깜짝 놀랐다. 마치 마음을 읽고 보낸 메시지 같아
서였다. 그러나 그럴 수 없다, 고 반희는 다시 한번 생각했다.

"토끼, 병원 가?"

같이 얼굴을 들이밀고 메시지를 읽던 누나가 말했다. 그
말에 반희는 뒤로 물러났다. 그런데 누나가 한마디 더했다.

"세림병원 알아. 나 가 봤어. 엄마랑 많이 가 봤어. 주사도
맞았는걸?"

그건 반희도 알고 있었다. 누나가 어릴 때부터 오래도록
발달장애 치료를 받은 병원이 바로 그곳이었다. 하지만 그
건 알 바 아니었다. 반희는 몸을 더 뒤로 뺐다. 그리고 자신
도 모르게 말했다.

내가 무슨 수로 저길 가? 몰라서 못 가는 게 아니잖아?

그런데 그 말을 알아듣기라도 한 듯, 누나가 말을 이었다.

"얼굴 보고 해. 나랑 같이 가. 세림병원, 내가 알아."

그 말에 반희는 깜짝 놀랐다. 누나야말로 뭔가를 알고서
하는 말 같았다.

싫어. 난 못해. 이러고 어떻게 가?

반희는 뒷걸음질 쳤다. 그러나 누나의 손길이 더 빨랐다.

누나는 재빨리 반희의 목덜미를 붙잡았다. 그러더니 들어 올려 한 손으로 귀를 잡았다. 반희와 눈을 맞추고는 또 말했다.

"가! 얼굴 보고 해. 얼굴 봐야 해."

도대체 무슨 짓을 하려는 걸까? 누나는 뭘 알고서 하는 소리일까? 반희는 얼결에 버둥거렸다. 그러자 누나가 반희의 주둥이를 붙잡았다.

"쉬잇! 엄마가 깰지도 몰라."

그런 다음, 누나는 살며시 문을 열었다. 조심조심, 쪼르르 제 방으로 가더니, 옷장 아래 칸 서랍을 열어 하필이면 토끼가 그려진 파란색 에코백을 꺼냈다. 누나가 짝귀를 산책시킬 때, 넣고 다니던 가방이었다. 누나는 반희를 그 안에 넣었다. 휴대폰도 함께 담았다.

누나, 이러지 마. 도대체 뭘 하려는 거야?

반희는 되나오려고 버둥거렸지만, 소용없었다. 누나는 누구에게 들킬세라 자꾸만 반희의 머리를 찍어 눌렀다. 곧 누나는 발뒤꿈치를 들고 조심스레 거실을 가로질렀다. 반희는 얼결에 에코백 안으로 고개를 처박았다. 누나는 재빨리 신발을 신고 얼른 문밖으로 나섰다. 계단을 내려와 빌라 건물 밖으로 나온 뒤에야, 반희는 에코백 위로 고개를 내밀었다. 햇살은 따가웠고, 바람이 조금 불었다.

다음 날 이른 오후

버스를 타고 가는 동안, 반희는 내내 버둥거렸다. 아무래
도 안 되겠다는 생각이 들어서였다. 얼결에 여기까지 왔지
만, 지금이라도 되돌아가야 하는 게 아닌가 싶었다.

나 내려 줘. 도대체 뭘 어쩌겠다는 거야? 응? 누나, 이러
지 말라고! 이런 몰골로 어딜 간다고 그래?

반희는 에코백 위로 머리를 내밀고 연신 혀를 날름거렸
다. 하지만 누나는 아랑곳하지 않았다. 콧노래까지 부르면
서 때때로 반희를 쓰다듬고 목덜미를 주물럭거리기도 했다.
그러면서 말했다.

"얼굴 보고 이야기해."

또 누나는, "내가 알아, 세림병원." "토끼는 병원에 가." 등
등의 말을 했다. 반희를 토닥이면서. 뿐만 아니라 "우리 반

희도 내가 데리고 다녔어. 내가 찾았어."라는 말을 했다. 그 순간 반희는 버둥거리던 동작을 멈추었다.

그걸 기억하고 있었다니?

맞다. 그 이후부터였다. 누나가 단 한 순간도 반희의 손을 놓지 않으려 했던 것이. 반희는, 물론 그날 놀이공원에서 왜 길을 잃었는지는 알 수 없었다. 어느 순간 혼자였고 사방엔 낯선 사람들이 엄청 많았다. 그들이 지나며 어깨를 부딪쳐서 몇 번이나 넘어지고, 그래서 울고, 그러다가 지쳐서 주저앉 았다. 수없이 엄마를 부르며, 울고 악을 써 댔다. 헤매고 다 니지 않은 곳이 없었지만, 엄마는 나타나지 않았다. 뒷모습 이 비슷해 달려가 매달려 보면 엄마가 아니었다. 지나는 사 람들이 힐끗거렸지만, 그들 중 누구도 보듬어 주지 않았다. 어느 순간 지쳐서 그 자리에 우뚝 멈추어 섰을 때, 사방에서 는 여전히 사람들이 시끌벅적하게 떠드는 소리만 들렸다. 반 희는 세상에 오로지 혼자만 남은 기분이었다. 두려웠다.

마침내 신발도 한 짝 잃어버리고 발이 부르터서 더 이상 걸을 수 없을 때쯤, 손목에 묶고 있던 흰색 풍선 세 개도 모 두 잃어버렸다. 놀이공원을 들어설 때부터 시종 반희의 머 리 위에서 둥실둥실 떠다니던 그 풍선은 하늘 높이 올라가 기 시작했다. 반희는 울면서, 풍선들이 구름 너머로 사라지 는 모습을 한없이 바라보았다. 풍선이 더 이상 보이지 않을 때쯤, 거짓말처럼 누나가 앞에 서 있었다. 그 뒤에서 귀에 익은 목소리가 들렸다.

반지야! 너까지 어딜 가는 거야? 길 잃어버려! 그리고 다음 순간, 사색이 된 엄마가 얼굴을 드러냈다.

반희야! 엄마는 소리를 치며 달려와 반희를 있는 힘껏 끌어안았다. 거짓말처럼 눈물이 멈추었다. 어쩌면 누나가 그 옆에서 웃으며 서 있었기 때문인지도 몰랐다. 그때, 누나가 말했다. 네 풍선이 하늘로 날아갔어. 아마 토끼가 활짝 웃고 있는 모양의 풍선을 보고 쫓아온 모양이었다. 누나는 반희의 손을 꼭 잡았다. 그날 집으로 돌아올 때까지, 아니 잠이 든 후에도 누나는 반희의 손을 놓지 않았다.

누나의 손은 늘 따뜻했고 힘이 잔뜩 들어가 있었다. 어딜 다닐 때면, 엄마의 손은 놓아도 반희의 손은 놓지 않았다. 밥 먹을 때나, 잠잘 때나, 거리에서도. 반희가 누나보다 덩치가 커지고, 반희가 억지로 누나를 밀어내기 전까지는.

그래. 누나가 나를 찾았어.

반희는 생각을 걷어 내며 고개를 끄덕거렸다. 그때 누나가 또 중얼거렸다.

"세림병원에 가야 해. 얼굴 보고 해야 돼. 우리 집 앞에서 열한 정거장이야. 이제 세 정거장 남았어."

그 말에 반희는 정신을 차렸다. 그리고 동시에 소리쳤다.

안 돼! 날 보고 어쩌란 거야?

반희는 주둥이를 더 하늘 높이 쳐들었다. 에코백 속에서 뒷다리를 요란하게 꿈틀댔다. 하지만 누나가 꼭 붙잡고 있어서 어쩔 도리가 없었다. 누나는 또 말했다.

"얼굴 보고 해야 돼."

마치 자신에게 다짐이라도 하듯, 누나는 연신 반복했다. 반희는 문득 궁금해졌다.

도대체 누나는 무슨 생각을 하고 있는 걸까? 무얼 알고 이러는 걸까? 하긴 뭘 안다면 이런 식으로 데리고 나오지도 않았겠지? 휴!

반희는 긴 숨을 내쉬었다. 그 사이 버스는 세 정거장을 지났고, 결국 세림병원 앞에 도착했다. 누나는 잊지 않고 버스에서 내렸다. 그리고 에코백을 한쪽 어깨에 걸치고 언덕길을 걸었다.

"얼굴 보고 해야 돼."

언덕 위 저 앞 편에 병원 건물이 보일 즈음, 누나가 중얼거렸다. 이마에 땀이 송골송골 맺혀 있는 게 보였다. 거친 숨소리를 내면서도 누나는 발걸음을 늦추지 않았다. 오히려 병원 건물이 완전히 드러나자 더 서두르는 듯한 느낌이었다. 결국 누나는 건물의 1층 현관문을 지나 안으로 들어갔다. 그리고 로비 한가운데를 스스럼없이 걸어갔다. 많은 사람들로 들썩거리고 있는 탓에, 누나는 잠시 방향을 잡지 못하고 이쪽저쪽을 헤맸다. 그러다가 엘리베이터가 보이자 얼른 그쪽으로 방향을 틀었다. 나란한 세 대의 엘리베이터 앞에서 멈춰 선 누나는 가장 오른쪽 엘리베이터 앞으로 갔다.

"708호. 708호……."

누나가 중얼거렸다. 그러자 옆에서 기다리던 30대 여자가 힐끗거렸다. 곧 엘리베이터 문이 열렸다. 초록색 수술복을 입은 의사 한 사람과 연한 하늘색 유니폼을 입은 간호사두 명이 내렸다. 그러자마자 누나는 엘리베이터에 올랐다. 뒤에 서 있던 분홍색 티셔츠를 입은 30대 여자와 간호사 두사람이 뒤따라 탔다. 곧 문이 닫혔다.

"708호, 708호!"

누나가 또 중얼거렸다. 그걸 보더니, 링거 팩을 들고 있던간호사가 7층 버튼을 눌렀다.

"708호. 얼굴 보고 해야 돼."

그 말에, 빼빼 마른 30대 여자가 총냥이 같은 얼굴로 힐끗거렸다. 그리고 문득 놀란 듯 말했다.

"어머! 병원에 동물을 가지고 들어오면 안 되는 거 아니에요?"

하지만 그에 상관하지 않고, 누나는 아까처럼 또 중얼거렸다.

"708호. 얼굴 보고 이야기해야 해."

잠시 후, 엘리베이터가 7층에서 멎었다.

"여기가 7층이에요."

아까 그 간호사가 말했다. 누나가 엘리베이터에서 내렸

다. 무얼 알기나 하는 건지, 오른쪽 복도로 걸어갔다. 곧 왼편에 간호사들이 여럿 모여 있는 데스크가 나타났다. 누나는 그 앞을 지나갔다. 얼마 지나지 않아 갈림길에 섰다. 오른쪽은 저 앞 편에 막다른 길이 나타났다. 누나는 왼쪽 복도를 따라 걸었다. 양편으로 입원실 문이 보였다. 누나는 그 복도를 따라 쭉 걸었다. 그리고 그 끝에서 다시 왼쪽으로 걸었다. 거기에도 입원실이 주르르 이어져 있었다.

누나는 곧 706호를 지나 707호 앞에 이르렀다. 그 옆에 708호가 있었다. 문 앞에는 환자와 가족들인 듯한 사람들이 몇몇 서성대고 있었다. 그런데 왜일까? 708호를 그냥 지나쳐 갔다. 누나는 그 복도 끝으로 가더니 아래로 내려가는 계단을 잠깐 내려다본 다음, 다시 왼쪽으로 꺾었다. 그리고 이어서 또 왼쪽…… 결국 다시 엘리베이터 앞이었다. 그런데 한 번만 그런 게 아니었다. 누나는 똑같이 입원실 복도를 한 바퀴 더 돌았다.

"미안해! 얼굴 보고 해야 돼!"

그 말만 반복하고 있을 뿐이었다.

아…….

반희는 그제야 누나가 708호를 지나친 이유를 깨달았다. 병실 앞에 서성대던 사람이 병실의 숫자를 가리고 있었던 탓이었다. 결국 누나는 한 바퀴 더 돌았다. 그러면서 같은 말을 중얼거렸다.

"미안해! 얼굴 보고 해야 돼!"

세 바퀴쯤 돌았을 때, 병원 복도를 오가던 사람 한둘이 힐 끗거리기 시작했다. 그래도 무시하고 누나는 한 바퀴를 더 돌았다. 물론 그때까지도 708호 앞에는 서성대던 사람들이 그대로 있었다.

차라리 잘 됐어! 이런 얼굴로 누굴 만난다는 거야? 이게 말이 돼?

이렇게 계속 같은 자리만 맴돌다가 집으로 돌아갈 것이라 고 반희는 생각했다. 제발 어서 그러라고 응원이라도 하고 싶었다. 반희는 아예 에코백 안으로 쏙 들어가 버렸다. 누나 는 여전히, "얼굴 보고 해야 돼."라면서 계속 걷고 있었다. 그 러는 동안 사람들이 옆으로 스쳐 가는 소리가 들렸고, 누군 가 대화를 나누는지 몇몇의 낯선 목소리도 들렸다. 반희는 눈만 깜박였다. 그러면서 자신을 다독거렸다.

됐어. 이제 다시 집으로 돌아가면 돼.

하지만 반희는 곧바로, '헉!' 하고 짧은 숨을 내뱉고 말 았다.

그 방으로 되돌아가야 한다고? 겨우 그 방에서 빠져나왔 는데 다시 돌아가야 한단 말이야?

그렇게 되묻자 숨이 막혔다. 연이어 엄마의 얼굴이 떠올 라서 가슴마저 뛰었다. "그 물건은 이제 쓸모가 없어!"라던 엄마의 목소리가 생생하게 머릿속에서 떠돌았다. 순간 반희는, 이런 채로 돌아갈 수는 없다는 생각이 들었다. 끔찍했던 하루를 또 반복할 수는 없었다.

꿈에서 깨어나야 해!

반희는 다시 발버둥 쳤고, 기를 쓰고 다시 에코백 밖으로 머리를 내밀었다. 그때까지도 누나는 여전히 같은 속도로 병실 복도를 걷고 있었다.

"미안해. 얼굴 보고 이야기해. 토끼가 미안해."

누나의 목소리를 들으면서 옆을 돌아보았다. 누나는 막 702호를 지나고 있었다.

누나 서둘러!

갑자기 조급증이 들었다. 잘못을 빌면, 꿈에서 깰지도 모른다는 생각이 들어서였다. 그럴 수 있을 거라 믿고 싶었다.

그래. 누군가가 나를 시험하고 있는 거야. 틀림없어. 용기를 내서 미안하다고 말하면 이 꿈에서 깨어날 거야. 맞아. 용서를 받으면, 이 벌도 끝날 거야.

밑도 끝도 없이 반희는 확신했다. 그 사이 누나는 705호를 지나고, 706호에 막 다가섰다. 곧 708호였다. 하지만 여전히 몇 사람이 그 앞에 서 있었다. 당연히 숫자는 보이지 않았다. 더 이상 안 되겠다 싶어 반희는 에코백 바깥으로 얼굴을 조금 더 내밀었다. 그리고 708호 가까이 다가왔을 때, 기를 쓰고 에코백 밖으로 기어올랐다. 덕분에 귀가 다 빠져나오고 몸통도 거의 절반쯤 비어져 나왔다.

누나! 여기란 말이야. 여기가 708호야.

다른 때보다 더 세차게 혀를 날름거렸다. 그리고 무슨 소리든 내려고 애썼다. 하지만 소용없었다. 누나는 이번에도 그냥 지나쳐 갔다. 그리고 708호를 지나자마자 반희를 에코백 안으로 밀어 넣었다.

어떻게 하지?

반희는 곰곰이 생각했다. 얼른 수를 내지 않으면 이렇게 뱅글뱅글 돌다가 지칠 테고, 그러다가 집으로 돌아가고 말 것 같았다. 물론 좋은 생각은 금세 떠오르지 않았다. 에코백 안에서 발만 동동 구를 뿐이었다. 그런데 바로 그때였다. 전화기가 진동하기 시작했다. 위이이잉, 위이이잉! 그치지 않고 계속 울려 댔다. 반희는 머리를 쑤셔 박고 전화기를 확인했다. 뜻밖에도 엄마에게서 온 전화였다. 반희는 안절부절못했다. 여전히 걷고 있는 걸 보니, 누나는 진동을 느끼지 못한 모양이었다.

반희는 다시 에코백 밖으로 머리를 내밀어 누나의 옷깃을 물어뜯었다. 그래도 누나는 알아채지 못했다. 앞으로만 나아갈 뿐이었다. 여전히 같은 말을 반복하면서.

"미안해! 얼굴 보고 해야 돼!"

반희는 짜증이 나기 시작했다.

씨……. 차라리 개라면 짖기라도 하지. 토끼가 뭐야, 토끼가!

소리를 지른다고 질렀지만, 그저 입맛 다시는 소리만 났다. 반희는 자신에게 화가 났다. 아무것도 할 수 없는 자신이 한심하기 이를 데 없었다. 그렇다고 포기할 수는 없었다. 반희는 에코백에서 빠져나오려고 기를 썼다. 그래서 땅에 떨어지기라도 하면, 직접 708호로 달려들 생각도 없지 않았다. 하지만 그러다가 또 주춤거렸다.

수지랑 마주치면, 그다음은 어떻게 해야 하지?

그 생각 때문에 머뭇거렸지만, 꿈에서 깨려면 가야 할 것 같았다. 뒷셈은 나중 일이었다. 일단 708호로 가는 게 먼저였다.

그래. 다리라도 물고 늘어져 보자. 어떻게든 내가 반희라는 것을 알리면 되잖아. 꿈에서 깨어나야 하는데 무슨 짓이든 못할까?

그런 생각으로 반희는 에코백 바깥으로 몸을 더 빼냈다. 그런데 누나가 막 708호 앞에 다다랐을 때였다. 반희의 눈에 낯익은 얼굴이 들어왔다. 저 앞에서 차미가 걸어오고 있었다.

어, 어떻게 해?

자신도 모르게 물었다. 그 좁은 에코백 안에서 혼자서 우왕좌왕했다. 그러다가 반희는 허리를 굽혀 여전히 부르르 떨고 있는 전화기를 입에 물었다. 그런 채로 다시 얼굴을 에코백 밖으로 내밀었다. 어느새 차미가 꽤 가까이 다가와 있었다. 반희는 누나가 차미 곁을 스쳐 지나갈 때, 진동하는 휴대 전화기를 떨어뜨렸다.

"어어!"

"아, 깜짝이야."

누나와 차미가 동시에 소리를 질렀다. 둘 다 멈추었다. 누나는 두리번거렸고, 차미는 자기 발 앞에 떨어진 휴대폰을 집어 들었다. 그리고 전화기를 누나에게 건네주었다.

"이거……."

"미안해! 얼굴 보고 해야 돼!"

"네?"

"얼굴 보고 이야기해. 얼굴."

"무슨……."

누나의 말에 차미는 몹시 당황한 듯했다. 어쩔 줄 모르고 머뭇거렸다. 그런 차미에게 누나는 같은 소리만 반복했다. 그때였다.

"어, 그런데 저……. 혹시 반지 언니?"

차미가 알아본 모양이었다. 반희는 순간적으로 가슴이 덜컥 내려앉으면서도, '됐어!'라고 중얼거렸다.

"응. 난 반지야. 조반지야."

"알아요, 언니. 나 기억해요? 차미!"

"차미……. 차미 알아. 언니처럼 생각해! 차미를 언니처럼 생각해."

누나가 반복해 말했다. 그 말을 듣고 반희는 가슴이 뭉클해졌다. 그 말은 아주 오래전에 엄마가 누나에게 해 준 말이었다.

세상에! 그 말을 아직도 기억하고 있다니!

반희는 혓바닥을 날름거리면서 두 사람을 쳐다보았다.

"맞아요. 나 차미예요."

그런데 하필 그때였다. 차미가 무슨 말을 꺼내려는데, 반대편에서 간호사가 다가왔다.

"저기요. 병원에 동물 데리고 들어오면 안 됩니다. 어서 이쪽으로……."

간호사가 누나를 끌어당겼다. 어쩔 수 없이 누나는 몇 걸음 끌려갔다. 하지만 차미가 앞을 막았다.

"알았어요. 잠시만요. 제가 알아서 할게요."

차미는 누나를 계단이 있는 쪽으로 데리고 가 반 층 더 내려갔다. 그러자 간호사는 더 이상 따라오지 않았다.

"언니가 여길 어떻게? ……그런데 혹시 반희랑 같이 왔어요?"

계단에 걸터앉으면서 차미가 물었다.

"얼굴 보고 이야기해. 얼굴. 무릎을 꿇어야 해."

차미의 질문에 누나는 같은 말만 반복하며 마주 보았다.

"그래요. 얼굴……. 그, 그런데 그건 내가 반희한테 보낸 메시지인데……. 반희는 어디 있어요?"

차미는 불현듯 사방을 두리번거렸다.

"반희는 학교 갔어."

"학교……. 오늘 토요일인데요? 아프다면서요? 많이 아파요? 도대체 어디가 아파요? 반희 지금 어디에 있냐고요?"

답답하고 궁금하다는 표정이 역력했다. 하지만 누나는 같은 말만 반복했다.

"반희는 학교 갔어."

"아, 알았어요. 그럼, 누가 그랬어요? 누가 얼굴 보고 이야기하자고……."

누나는 그 말을 알아들은 모양이었다. 질문이 다 끝나기도 전에 에코백을 차미 앞으로 내놓더니, 반희를 꺼내 바닥에 내려놓았다. 전화기와 함께.

"그런데 그건 웬 토끼예요?"

"얼굴 보고 이야기한댔어."

"네? 무슨 말이에요, 도대체? 설마 토끼가요? 하! 도대체 무슨 말을 하는 건지……."

차미가 답답해하는 표정이 역력했다. 더는 기다릴 수가 없었다. 반희는 재빨리 에코백에서 튀어나왔다. 그리고 얼른 앞발로 전화기의 홈 버튼을 눌렀다.

"도대체 여긴 어떻게 알고 왔어요? 네? 언니 차근차근 말해 보세요. 그리고 이 토끼는 왜 데려왔……. 지, 지금 토끼가 뭘 하고 있는 거예요?"

어리둥절해하면서 이것저것 묻던 차미는 말을 멈추고 반희를 내려다보았다. 반희는 그에 아랑곳하지 않고 혀를 내밀어 메시지 창을 열었다. 그런 다음 혀로 글씨를 썼다.

ㄴㅏ야바ㄴㅣ

겨우 그렇게 쳐 놓고 전송했다. 그러자 잠시 후, 어디선가 딩동, 하는 소리가 들렸고, 차미가 주머니를 뒤적거렸다. 그리고 휴대폰을 꺼내 훑어보았다.

"어, 이거 반희한테 온 메시지……."

그때를 기다려 반희는 차미의 바짓가랑이를 물었다.

"어머! 토끼……."

차미가 놀라며 반희를 내려다보았다. 눈을 가늘게 뜨고 반희의 전화기를 집어 들었다. 그러더니 이리저리 살폈다.

"언니, 이거 반희 전화기 아니에요? 이걸 왜……?"

차미는 전화기와 반희와 반지를 번갈아 보았다. 그러더니 다시 자기 전화기의 메시지를 확인하고, 반희 전화기의 메시지를 보았다. 금세 얼굴색이 하얗게 변했다.

"뭐, 뭐야? 토끼……. 토끼가 지금……."

차미는 재빨리 일어나 뒤로 물러나서 벽에 바짝 붙어 섰다. 그때 누나가 말했다.

"얼굴 보고 이야기한댔어. 토끼가."

"헉!"

차미가 놀라며 입을 다물지 못했다.

"지, 지금……. 저 토끼가 반희……라는 거예요?"

"얼굴 보고 이야기해. 얼굴."

누나가 반희를 들고 일어났다. 그리고 반희를 차미에게 들이밀었다.

"언니! 제발 좀……. 그래서 메시지가 엉망진창……. 여기 화면에 묻은 침……. 서, 설마…….'

"미안해. 무릎을 꿇어. 얼굴 보고 이야기해야지."

누나는 반희의 귀를 붙잡고 아까보다 더 가까이 차미에게 다가갔다.

"으아아악! 저리 치워요!"

마침내 차미는 비명을 질렀다. 그러면서 힘주어 팔을 내저었다. 그 바람에 반희는 차미의 손길에 치여 허공으로 떠올랐다. 곧 계단 모서리에 떨어졌고, 데굴데굴 굴렀다.

"꾸에엑!"

"아, 안 돼! 내 토끼! 아악!"

반희는 자신의 비명과 누나의 비명을 거의 동시에 들었다. 반희가 계단 아래에 처박힐 때쯤, 반희를 쫓아 내려가던 누나는 계단을 굴렀다. 그리고 벽을 들이받고 쓰러졌다. 이어 차미가 소리를 질렀다.

"어, 언니! 아아악! 여기요! 누가 좀 도와주세요. 여기요!"

반희는 차미가 급히 계단 아래로 내려오는 모습을 보았
다. 그리고 잠시 후, 그 뒤편에서 누군가 이쪽을 내려다보고
있는 것도 알 수 있었다. 그러나 반희는 자꾸 눈이 감겼다.
정신이 희미해지고 있었다. 그런 와중에 누나는 머리에 피
가 흐르는데도 엉금엉금 반희 쪽으로 기어 왔다. 하필 그때
전화기가 다시 진동하기 시작했다. 겨우 몸을 움직여 내려
다보니 엄마였다.

엄마…….

반희는 전화기 쪽으로 주둥이를 내밀었다. 그것밖에 할
수가 없었다. 온몸이 부서질 듯 아팠기 때문이었다. 반희는
눈을 감았다. 저편 어딘가에서 계단을 내려오는 여러 사람
의 소리가 들렸다. 하지만 곧 그 소리마저 아련하게 들렸고,
그 순간 누군가의 손이 반희의 귀를 붙잡았다. 하나의 목소
리만 또렷하게 들렸다.

"내 토끼야, 내 토끼. 얼굴 보고 이야기했어. 미안하다고
했어."

"아니, 도대체 무슨 일이 있었던 거야? 당신은 도대체 뭘 했느냐고? 응?"

정신을 차린 건, 현관문이 거칠게 열리고 닫히는 소리 때문이었다. 연이어 아빠의 고함이 들려왔다. 반희는 비로소 정신을 차렸다. 그러자마자 온몸의 통증도 깨어나 한꺼번에 밀려왔다. 부러진 듯 보이는 오른쪽 앞발의 통증이 가장 심했고, 허리와 꼬리뼈 언저리도 틀림없이 금이 가거나 크게 다친 듯했다. 욱신거리다 못해 굵은 송곳으로 짓눌러 쑤시는 것 같았다. 머리도 온전하지 않았으며 입안에서는 피 맛이 났다. 고개를 돌릴 수가 없어서 눈동자만 굴렸다. 사방은 캄캄했고, 창 쪽에서 옅은 불빛만 들어오고 있었다. 잠깐 아빠가 분주하게 거실을 오가는 소리와 방문을 여닫는 소리가 들려왔다. 짐작건대 누나의 방을 들여다보는 듯 했다. 잠시 후, 다시 아빠의 목소리가 들려왔다.

"정말 괜찮은 거야? 그래도 병원에 입원시키는 게 낫지 않겠어?"

"싫다고 했잖아요. 어디 부러지거나 크게 다친 건 아니랬어요. 그냥 가벼운 타박상 정도라고 했으니까 염려하지 않아도 돼요."

"아무리 그래도……."

"싫다고요. 지금 이 상황에 반지까지 병원에 데려다 놓으면, 병문안 핑계 대고 주변에서 기웃거리는 거, 어떻게 감당하라고요. 반희에 대한 뒷소문은요?"

엄마의 뒷말은 짜증이 가득 배어 있었다. 그 말에 아빠도 더는 무어라 하지 못했다.

"알았어. 그나저나 반지가 왜 거기까지 간 거야? 거기 뭐가 있었대?"

"그건 나도 몰라요."

뜻밖에도 엄마의 목소리는 아주 단호했다. 반희는 고개를 갸웃거렸다.

"토끼까지 데리고 갔었다며?"

"……."

"도대체 토끼는 어디서 난 거야? 반희가 사다 놓은 게 확실해? 이 새끼, 갑자기 토끼는 무슨……. 그래서 토끼는 어떻게 하고? 버렸어?"

"아니요. 반희 방에 있어요. 정신을 잃으면서도 반지가 토끼를 놓지 않길래……."

비로소 자신이 어떻게 집으로 돌아왔는지 이해가 됐다. 반희는 침을 꿀꺽 삼켰다.

누나!

반희는 낮은 소리로 내뱉었다. 그리고 조금씩 몸을 움직여 보았다. 하지만 통증만 더 심해질 뿐이었다. 반희는 움직이는 걸 포기하고 가만히 앉았다.

"그래서 반희 일은 어떻게 됐어요?"

"그렇지 않아도 경찰이 막 움직이려는 것 같았는데……. 일단 입막음은 했어. 혹시 일이 불거지더라도 반희한테까지는 불똥이 튀지 않도록 해 놨어. 민규라고 했나? 그놈이 다 뒤집어쓰도록……."

"이사 가요."

아빠의 말에 엄마는 뜬금없는 말을 꺼내 놓았다.

"뭐? 갑자기 무슨 소리야?"

"이 동네 싫어요. 이사 가요."

"거참, 이사를 가더라도 반희부터 찾은 다음에……."

"안 와요. 반희는 돌아오지 않아요."

아빠의 말을 끊고 엄마가 목소리를 높였다.

"반희가 왜 안 와? 당신 정말 내가 모르는 뭔가 알고 있는 거 아니야?"

"그런 거 없어요."

"그런데 왜 반희가 안 온다는 거야? 그렇지 않아도 지금 보좌관들이 열심히 찾고 있는데…… 조금만 기다려 봐."

"소용없어요."

이번에도 엄마는 단호하게 말했다. 목소리가 냉랭하고 거칠었다. 그 말을 들으며 반희는 다시 한번 엄마의 목소리를 떠올렸다. 쓸모없는 물건이야!

"이 사람이 정말 왜 이래?"

"이미 주위에는 반희 유학 보낼 거라고 수속 중이라고 말해 놨어요."

"뭐?"

"혜수 엄마가 젤 신났던데요? 반희는 유학 가고 수지란 애도 그렇고……."

"도대체 뭐라는 건지, 원……."

아빠의 목소리가 낮아졌다.

"반희 없어도 괜찮아요. 반지가 있잖아요."

"갑자기 반지는 무슨……. 그리고 그걸 말이라고 해? 걔가 뭘 할 수 있다고?"

"할 수 있어요. 그렇게 만들면 되죠. 당신 친구 중에 대학에 있는 사람도 있잖아요."

"아무리 그래도 그건 좀……."

"해요. 못할 게 뭐 있어요. 오히려 그런 애가 대학에 가면 더 대단하다고 하지 않겠어요? 당신한테도 도움이 될 거예요. 안 그래요?"

"하, 이 사람이 정말! 반지가 도대체 뭘 한다고 그래? 공부를 할 수 있는 것도 아니잖아?"

"왜 없어요. 음악……."

"음악? 그건 무슨 소리야?"

"리코더 불잖아요. 당신이 손만 쓰면 다 할 수 있어요."

엄마와 아빠의 격한 말들이 겨울바람처럼 아주 차갑게 귓가를 스쳐 지나갔다. 반희는 더 이상 듣지 않았다. 알 수 없는 소리였고, 이젠 그럴 만한 기운조차 남아 있지 않았다. 다행히 그로부터 얼마 시간이 지나지 않아서, 두 사람의 목소리는 아예 끊겼다. 그리고 꽤 오랫동안 엄마와 아빠는 아무말도 하지 않았다. 사이사이에 거실을 오가는 발소리와 엄마의 긴 한숨만 몇 번 들려왔을 뿐이었다.

그리고 더 많은 시간이 흘렀을 때, 엄마가 먼저 입을 열었다.

"그나저나 내일 시간 있어요?"

"갑자기 시간은 왜?"

"프라다가모 호텔에 가요. 맛있는 거 먹고 싶어요."

"갑자기?"

아빠 말대로 뜬금없이 프라다가모 호텔이라니? 자신도 모르게 반희는 고개를 갸웃거렸다.

도대체 엄마가 왜 저러는 걸까?

반희는 더 귀를 쫑긋거렸다.

"갑자기가 아니에요. 어제오늘 너무 힘들었어요. 좀 쉬고, 여유도 갖고 싶을 뿐이에요."

"아무리 그래도……. 반희는 어떻게 하고?"

"우리도 기운 차려야죠. 반희는……. 비서관이 찾는다면서요."

"그건 그렇지만."

"반지도 가고 싶어 할 거예요. 그 옆에 있는 공원에도 가고요."

"그래? 아, 알았어. 그래, 그럼. 나 일단 옷 좀 갈아입을게. 그동안 커피나 한잔 준비해 줘."

다시 바깥이 조용해졌다. 프라다가모 호텔이 생각났다. 반희도 여러 번 가 본 적 있었다. 고급 음식들이 나오는 뷔페식당이 1층에 있고, 꼭대기에는 강남 시내 전망이 한눈에 내려다보이는 커피숍이 있었다. 호텔 뒤뜰에는 작은 동물원과 산책로가 있어서 반희도 누나도 아주 좋아하는 곳이었다. 짝귀, 아니 백설 공주는 바로 그곳에서 분양받아 온 것이었다. 호텔에서 하는 무슨 행사에 당첨된 것이었는데, 특히 누나가 좋아했었다. 반희는 그곳이 떠올라서 자신도 모르게 미소를 지었다.

그런데 나는……?

하지만 반희는 곧 다시 피식 웃고 말았다. 이젠 그럴 수 없는데도 여전히 그런 생각을 하고 있다는 게 우스웠기 때문이었다.

이젠 아니야!

반희는 자신도 모르게 그렇게 중얼거리며 턱을 바닥에 대고 엎드렸다. 공연히 눈물이 났다. 한참을 울었다. 눈물이 뺨을 적시고 흘러내려 앞발로 떨어졌다. 그런데 꽤 오래 그러고 있으니까, 고개가 갸웃거려졌다. 무얼 슬퍼하는지 알 수 없었다.

꿈에서 깨어나지 않는 것? 온몸이 부서진 것? 가족들이 나만 빼고 프라다가모 호텔에 놀러 가는 것? 수지에게 미안하다고 말하지 못한 것? 아니면 또……?

결국 그런 생각을 하는 것조차 의미 없다는 생각에 다다랐다. 반희는 가만히 눈을 감았다. 또다시 어제 아침부터의 일이 차례로 생각났다가 사라졌다. 그것도 몇 번씩이나. 그리고 잠이 들었던 걸까, 아니면 생각에 빠져 허우적거렸을까? 살짝 정신이 오락가락하는데, 문 앞에서 기척이 들렸다. 고개를 움찔 돌렸다. 그러자마자 문이 살그머니 열렸다. 반희는 누나일 거라고 생각했다.

하지만 아니었다. 문을 열고 들어선 사람은 엄마였다. 반희는 자신도 모르게 옴찔거렸다. 물론 그뿐이었다. 더 이상은 움직일 수 없었다. 모가지만 조금 들었는데도 온몸의 통증이 일시에 살아났다. 너무나도 아파서 숨을 쉴 수 없을 정도였다. 반희는 잔뜩 옹송그린 채 가만히 앉아 있어야 했다.

잠시 후, 엄마는 조심스럽게 다가와 무릎을 꿇고 앉았다. 그리고 오래도록 반희를 내려다보았다. 또 잠시 후에는 어리대듯 방을 둘러보고, 공연히 조금 열린 문 쪽을 쳐다보더니, 다시 반희와 눈을 맞추었다. 하지만 엄마는 아무 말도 하지 않았고, 손을 뻗어 만지지도 않았다. 숨소리도 낮았다. 한참 그런 모습을 보고 있다가 반희가 먼저 말했다.

엄마, 물 좀 주세요. 배도 고파요. 온몸이 아프고요. 엄마…….

반희는 겨우 혀를 내밀어 허공을 훑었다. 그런데 그 말을 알아듣기라도 한 걸까? 엄마가 입술을 조금씩 움직였다.

무어라고 하는 걸까? 소리는 들리지 않았다. 입술도 아주 조금씩만 움직여서 엄마의 말을 알아듣기 힘들었다. 미안……하다? 그렇게 말한 걸까? 아니면, 이게 뭐니, 라고 한 것 같기도 한데, 알 수 없었다. 곧 엄마는 그 입술마저 닫았다. 또 한참 동안 쳐다보기만 했다.

그러다 어느 순간 엄마가 살짝 고개를 옆으로 돌렸고, 눈가에 무언가가 보였다. 물빛 같았다. 그것은 밖에서 들이비치는 형광등 불빛을 받아 반짝 빛났다. 아니, 잘못 본 걸까? 엄마가 고개를 이편으로 돌리자 그 빛은 또 사라졌다. 곧 엄마는 일어났다. 그리고 문을 닫기 직전, 다시 한번 반희를 내려다보았다. 그때는 엄마가 형광등을 등지고 있어서 표정이 보이지는 않았다. 곧 엄마는 문을 닫고 바깥으로 나갔다. 다시 방 안은 캄캄해졌다.

반희는 뒤늦게 우줅거리며 엄마를 몇 걸음 따라갔다. 하지만 고작 두어 걸음일 뿐이었다. 더 이상은 기운이 나지 않았다. 다시 배를 깔고 엎드려 사방을 두리번거렸다. 벽에 걸린 디지털시계가 보였다. 숫자가 잘 보이지 않았다. 앞발로 눈을 비벼도 숫자는 물에 젖은 것처럼 번져 보여서 정확히 읽어 낼 수가 없었다.

왜지?

방 안의 책상이나 옷장도 뿌옇게 보였다. 어둠 때문만은 아닌 것 같았다. 하지만 대수롭지 않게 생각했다. 반희는 엎드렸다. 또 얼마의 시간이 지났다. 아니, 지났을 거라고 생각했다. 창밖이 밝아지기 시작했다. 그리고 기다렸다는 듯 문 저편에서 누군가 거실을 오가는 소리가 들렸다.

또 조금 더 시간이 흐른 뒤, 방문이 반 뼘쯤 열렸다. 누나였다. 하지만 누나의 얼굴이 반쯤 보이자마자 뒤에서 엄마가 달려와 누나를 가로채 끌고 갔다. 뒤이어 재빨리 엄마의 목소리가 들렸다.

"이제 토끼 없어."

"정말?"

"응. 토끼 없어. 제집으로 갔어."

"정말이야? 집에 갔어? 난쟁이들한테?"

"응. 정말이야. 그 대신 진짜 토끼 보러 가자. 아빠도 간댔어."

"흰 토끼? 백설 공주 같은 토끼?"

"응."

"그래. 알았어. 토끼 보러 가자. 토끼 보러 가면, 반희가 해준 백설 공주 이야기해 줄 거야. 난 토끼 좋아!"

아!

순간 반희는 온몸의 털이 쭈뼛 서는 기분이 들었다.

백설 공주 이야기를 내가 해 준 거였어? 그, 그랬던 거야?

알 수 없는 허탈함이 밀려왔다. 그래서였을까. 더욱더 몸을 움직일 수가 없었다. 한동안 아무런 소리도 들리지 않았다. 꽤 시간이 지난 후, 다시 거실을 오가는 가족들의 발소리가 들리고 엄마와 아빠와 누나가 짧게 나누는 대화 소리가 들렸다.

"우리 오랜만에 소풍 가는 것 같은데?"

"맞아요. 당신 그 분홍색 티셔츠도 잘 어울려요."

"난 원피스 입었어. 이것도 잘 어울려. 백설 공주랑 똑같은 색이야."

"그래, 어서 출발하자."

가족들의 목소리는 그 어느 때보다 밝고 경쾌하게 들렸다.

"참, 반희는 안 가? 내가 반희한테 피리 불어 줄 건데……."

누나의 목소리가 조금 전보다 크게 들리는 듯하더니, 리코더 소리가 났다.

"삐삐 삑삑, 삐이이."

"안 돼. 그거 버리고 와. 안 그러면 진짜 토끼 못 만나."

엄마의 말이 끝나자마자 리코더 소리는 금세 멎었다. 그리고 무언가 바닥에 툭 떨어지는 소리가 들렸다.

잠시 후, 누나의 목소리가 들렸다.

"버렸어. 이제 가. 진짜 토끼 만나러 가!"

곧 현관문을 여닫는 소리가 들렸다. 그다음에는 아무 소리도 들리지 않았다. 아주 오랫동안.

얼마나 시간이 지났는지 알 수 없었다. 여전히 사방은 조용했고, 그래서 중간에 깜빡 졸기도 했다. 그러다 눈을 떠 보면, 남의 집에서 벽에 못을 박는 소리가 들리곤 했다. 오래지 않아 창밖에 어둠이 내렸다. 문밖에서는 작은 소리조차 들려오지 않았다. 배가 몹시 고팠고, 온몸의 통증은 더욱 심해졌다. 이제는 발끝조차 움직이기 힘들었다. 고무락거릴수록 더 힘들기만 했다.

그때 문득 반희는 생각했다.

살고…… 싶어.

반희는 꿈에서 깨어나려고 마지막으로 몸부림쳤다. 겨우 일어나, 온 방 안을 헤매고, 머리를 벽에 부딪쳐 보기도 했고, 다시 발을 물고, 혀를 깨물어 보았다. 방문을 긁어 대며 소리도 질렀다.

엄마! 나 좀 꺼내 줘요. 네? 내가 반희란 말이에요. 누나! 누나, 내 말 안 들려? 누나는 알잖아. 응? ……아빠, 잘못했어요. 제발 살려 주세요. 네? 아빠…….

쉴 새 없이 혀를 내젓고 주둥이를 꼼지락거렸다. 하지만 밖에서는 작은 인기척조차 없었다. 결국 반희는 지칠 대로 지치고 아프고 힘들어 그 자리에 풀썩 쓰러졌다. 졸음이 쏟아졌다. 그래서인지 몸속 깊은 곳까지 촉수를 뻗고 있던 통증이 조금 덜 해진 것 같기도 했다. 깊은 잠을 잘 수 있을 것 같은 생각이 들었다.

그래. 잠에서 깨어나면 모든 게 원래대로 돌아와 있을지도 몰라.

스스로를 다독거리고 반희는 가무러지듯 눈을 꼭 감았다. 누나와 엄마, 아빠의 얼굴을 떠올렸다. 자신도 모르게 미소가 지어졌다. 곧 잠이 몰려왔다.

그리고 얼마나 시간이 지났을까.

……불안한 잠에서 깨어났을 때, 반희는 자신이 손바닥만한 토끼로 변해 있는 것을 발견했다. 눈을 뜨자마자 흰 털로 뒤덮인 앞다리가 보였고, 가슴과 배까지 모두 뽀얀 털로 북슬북슬했다. 두리번거리는 눈길을 따라 드러난 등줄기와 꼬

리—세상에, 꼬리라니!—도 희었다. 일어나 앉아 고개를 돌리자 길게 늘어진 갈색 귀가 양옆에서 치렁거렸는데, 그 때문에 제풀에 놀라 뒤로 깡충 물러서고 말았다. 문득 벽에 걸린 디지털시계를 쳐다보니, 아침 7시 30분이었다.

1.

이 이야기는 프란츠 카프카의 단편소설 「변신」에서 비롯
되었습니다. 무엇보다 '어느 날 그레고르 잠자는, 불안한 잠
에서 깨어났을 때, 한 마리의 벌레가 되어 있는 것을 발견했
다.'라는 소설의 첫 문장이 머릿속에 강렬히 남아 떠나지 않
았지요. 벌레가 되자마자 적대적으로 다가오는 현실의 무게
를 감당하지 못하고 처절하게 무너지는 주인공과, '필요'에
의해 존재의 유무가 규정되는 소설 속 세상의 모습이 지금
우리의 모습과도 다르지 않다고 생각했습니다. 대가의 작품
을 패러디하는 일이 아주 무모하다는 것을 알기에 큰 용기
를 내야 했습니다. 너무나 환상적이지만 그럼에도 불구하고
지독하게 현실적인 이야기를 쓰고 싶었는데, 그 무모한 용

기를 자극해 준 프란츠 카프카 님께 경의를 표합니다.

2.

어느 날, 한 소년이 토끼가 되었습니다. 꿈인 줄 알았는데, 꿈이 아니었습니다. 토끼가 되니 아무것도 할 수 있는 게 없습니다. 공부도 할 수 없고, 시험을 보러 갈 수도 없습니다. 엄마는 늘 1등만 하던 소년이 시험조차 보러 갈 수가 없다는 걸 알고 부끄러워할 뿐입니다. 아빠는 토끼가 된 소년이 가출한 것으로 생각하고 혼내 줄 궁리만 하고 있습니다. 그래서 소년은 다시 원래의 자리로 돌아가고 싶어 합니다. 하지만 늦었습니다. 토끼는 이제 잠들기 전으로 돌아갈 수 없습니다. '필요'를 잃은 사람을, 어른들은 환영하지 않기 때문입니다. 그런데 이상합니다. 그 누구도 소년이 왜 토끼가 되었는지에 대해서는 물어보지 않습니다. 오로지 정신이 온전치 않은 누나만이 토끼를 감싸 줍니다. 아무런 '필요'에 닿지 않던 바로 그 누나가 말입니다.

3.

소년은 자신의 잘못으로부터 달아나기 위해서 토끼가 되고 싶었습니다. 하지만 막상 토끼가 되자, 다시 원래의 모습으로 되돌아오려고 애썼습니다. 토끼가 되었다, 는 사실이 무얼 의미하는지 깨달았기 때문입니다. 목숨을 걸고서라도 용서받고 싶었습니다. 그게 마지막 방법이었으니까요. 그래서 누나의 에코백에 매달려서라도 병원까지 가야만 했습니다. 하지만 아무도 소년의 마지막 희망을 응원해 주지 않았습니다. 그럼으로써 가장 소중했던 소년은, 가장 보잘것없는 토끼가 되어 버렸습니다. 소년의 방문은 더욱 굳게 잠겼고, 가족들은 소풍을 떠났습니다. 그리고 다음 날, 다시 똑같은 시간이 되었습니다.

그런데 도대체 누가 소년을 토끼로 만들었을까요?

4.

그런데 그거 알고 있나요? 우리는 그 누구라도 토끼가 될 수 있습니다.

한정영

변신 인 서울

2020년 3월 20일 1판 1쇄

지은이 한정영

편집 김태희 장슬기 김아름 이효진 **디자인** 홍경민
제작 박흥기 **마케팅** 이병규 양현범 이장열 **홍보** 조민희 강효원

인쇄 천일문화사 **제책** 정문바인텍

펴낸이 강맑실
펴낸곳 (주)사계절출판사 **등록** 제406-2003-034호
주소 (우)10881 경기도 파주시 회동길 252
전화 031)955-8588, 8558 **전송** 마케팅부 031)955-8595 편집부 031)955-8596
홈페이지 www.sakyejul.net **전자우편** literature@sakyejul.com
블로그 skjmail.blog.me **페이스북** facebook.com/sakyejul1318
트위터 twitter.com/sakyejul **인스타그램** instagram.com/sakyejul1318

ⓒ 한정영 2020

ISBN 979-11-6094-654-3 44810
ISBN 978-89-5828-473-4 (세트)

이 도서의 국립중앙도서관 출판예정도서목록(CIP)은 서지정보유통지원시스템 홈페이지
(http://seoji.nl.go.kr)와 국가자료공동목록시스템(http://www.nl.go.kr/kolisnet)에서
이용하실 수 있습니다.(CIP제어번호: CIP2020008322)